近现代书人二十家诗评

李墙 著

上海书店出版社
SHANGHAI BOOKSTORE PUBLISHING HOUSE

序

李樯君来访，说是写了几首诗，请我看看，并且，要求写点介绍性的文字。我想年轻的书画家，多好写一些五、七言的绝句，做题画之用。可是这类作品，名为"绝句"，其实大多不合绝句的格律，其中比较普遍的毛病是平仄不调。说来这事很奇怪，小学一年级的上一学期，开始就学拼音，就讲声调。可是声调问题，往往成为一些人终生不可逾越的大山，这是什么原因呢？该不会是怪他们的小学老师吧！

当我打开李樯诗稿的时候，有些惊讶。他做的不是近体，而是二十一首古体诗。古体诗不仅篇幅大，内容多，需要更多的知识储备，而且也有它的不同于近体的形式要求。坊间所见介绍旧诗格律的书，都是讲近体的，还没有见到介绍古风体格律要求的书，就像欧洲海洋法系一样，没有成文的法典，只能"遵循先例"进行判案，也就是说，作古风体，在句式上，韵律和声调上，乃至常用语上，都要是有先例的，也就是前人曾经使用过的。否则，就作成鼓儿词和快板书了。其实鼓儿词和快板书也都各有其形式要求，更是外行人不能染指的领域。各行各业都是学问，俗谚说："不读哪家书，不识哪家字。"古人云："能读千赋则善赋，能观千剑则晓剑。" 能写出大体符合格式的古风体诗，必是读过不计其数的古诗的。

李樯的诗，词句清丽，篇篇古雅可诵。用典皆信手拈来，看似不太着意，其实都是有出处的。如关于康有为的诗，几乎句句用典。其

中有古典，也有今典。有的地方暗用典故，如关于谢无量的诗中有"矮纸斜行是馀事"和"细雨剑阁作闲吟"两句，表面看来只是平常的叙述句，其实上句暗含陆游诗"矮纸斜行闲作草"，喻写字消遣；下句暗含陆游诗"此身合是诗人未，细雨骑驴入剑门。"喻作诗。有时用典只轻轻一点，并不和盘托出，如关于启功诗的赘语中说："由此想起了杜甫有名的那首绝句，在此不引也罢。"读到这里读者自会知道，指的是"王杨卢骆当时休，轻薄为文哂未休。尔曹身与名俱灭，不废江河万里流。"这样读者自己想起，比作者说出来，印象还深刻。这是他估计读者能知道的。有时他觉得他的读者，对比较生僻的典故可能不太熟悉，为免查找索解的困难，他便在赘语中加以解释，如关于梁实秋的诗中有"掷果盈车不足数，轻衫侧帽拟不差。""掷果潘安"或许还有人知道，独孤信"轻衫侧帽"的故事，确实是古代史书中的边角料。工具书上都查不到的，他都一一在赘语中指明了出处。从这些例子中可以看出，他阅读范围之宽泛及阅读的熟练程度，都是很不错的。尤其是关于谢无量、李叔同和丰子恺三首中，透露出作者佛学造诣之深。凡此种种，都说明他学养深厚，按他的年纪，好像不该达此境界的。在当前年轻人于传统文化方面普遍粗疏、浅薄的情况下，他的出现有些另类。

至于内容，对于近现代以来二十多位书家的议论和批评，他的意见有的我很赞同，如对文怀沙老先生所说的公道话，如论及梁实秋对书法前途的先见，如宗教信仰对形成丰子恺风格的影响，都是很准确的。但也有许多议论不敢苟同，不论赞扬的意见或是指斥的意见，我都有不同意的地方。但是我总的来说赞成他的态度。他对前人的赞扬没有过头话，没有空洞的，不着边际的吹捧。批评也不避权威。所批评的也有理有据，假令被批评者本人再来，也得心服口服，无可争辩。有时说些题外的话，旁敲侧击几句，表现出作者的幽默感和夹枪带棒的调侃文风，也是颇露才情的。所批评的现象，圈内人自可心照不宣，圈外人不了解的也就不必多问了。书法界需要健康的批评，不论对故去的书家，还是现在还活着的人，都可进行公开的议论和评价，以代替那种表面上露骨的吹捧，背后却恶毒诋毁贬损的庸俗之风。

因为赞成他的态度，所以乐于为他的书写序。

张延龄

2017.2

弁言

　　以诗论书，古有成例。盖诗者，志之所之也，在心为志，发言为诗。而书者，心画也。故诗人每以歌诗论书，或自抒其胸臆，或貌古书之奇，或品前贤书作。杜工部《李潮小篆八分歌》云："苦县光和尚骨立，书贵瘦硬方通神。"此工部以歌诗题汉人书《老子铭》，亦可知工部之好尚也。韩昌黎有《石鼓歌》，极写《石鼓》书法之瑰丽雄奇，至今论《石鼓》书法者引以为据，颂之不辍。东坡公《和子由论书诗》云："吾虽不善书，晓书莫如我。苟能通其意，尝谓不学可。貌妍容有颦，璧美何妨椭。端庄杂流丽，刚健含婀娜。""吾闻古书法，守骏莫如跛。世俗笔苦骄，众中强巍峨。锺张忽已远，此语与时左。"此东坡公之自述也。坡公又云："我书意造本无法，点画信手烦推求。"观坡公之书，知此言非虚。公既天才纵横，睥睨一世，法度云云，固非为公所设也。僧道潜《参寥子诗集》有论书绝句云："论书当亦似论兵，军律非严事不成。行伍会须同比栉，出奇方可语纵横。"言书法如军律，非严谨不足以成事，而今人知此者少。华镇《云溪居士集》卷五论李西台诗帖句云："古来论书如论马，不看皮毛看筋骨。赤骥虽瘦神采骏，骨筋强奇气突兀。点画筋骨生笔端，昔人小技不自忽。用笔临纸如用兵，敌阵深攻横驰突。"论作书之意，与道潜相近。赵松雪，善书者也，有论书绝句云："右军潇洒更清真，落笔奔腾思入神。《襄鲊》若能长住世，子鸾未必可惊人。苍藤古木千年意，野草闲花几日春。书法不传今已久，楮君毛颖向谁陈？"松雪道人，元世之右军，悟笔法之奇，而当世无可相与论析之者，公之孤寂可知。晚于松雪道人者有刘因，其《静修集》卷十九论米元章论书帖云："书家豪猛见世变，寥寥钟鼎今几尘？古人胸次无滞迹，意外萧散余天真。爱书爱画即欲死，狂绝俗绝无此人。臭秽功名皆一戏，渠言夸矣君勿闻。"其于米元章，亦可谓爱恨交加矣。至如包世臣、康南海之以诗论书，为人既夸诞不经，其论书亦不足取。今日之善以诗论书者推启功元白，以绝句百首论历代书家，直中肯綮，精彩绝伦，可谓古今无两。亦有慕其迹而效法之者，余每闻而笑之，以为不足为也，不过东施效颦，徒见其丑。得檏兄论书之诗，余乃蹶然而惊曰：以诗论书，当如是也！

檏兄生长邹鲁，沾濡圣迹，书艺精通，固不足奇。其可怪者，书道之外，复精古体诗文。余尝藉欧阳文忠之言曰：书之衰，莫衰于今世。古人六岁入小学，即能操笔作书，诵读历代诗文，如是积数十年，无不能书者，亦无不能诗者。今日则不然，研习书艺者虽无数，而徒知使转提按、分间布白，其能读书者，百人之中，不过见其一二，故其书不足贵也。其能以读书而求古先贤之意，融会贯通，商略古今者，盖千人之中不一二见焉。檏兄，善书者也，复诵古先贤之诗书，能得其本意，而以歌诗出之，商略近代书家之得失，此所谓千人之英者。余以是益敬之焉。

檏兄既善书者，其论近人书家之得失若指诸掌。余检其名目，得二十人，皆近世当世之英杰也。其艺文成就，海内皆知，未可多言。唯诸公书法，风采既异，高下亦殊，今人论之者，多耳食之言，无根之论，谀谀而颂美者多，得其真实者少。檏兄既精于书道，每发言，辄能中其要害。其论康南海，斥其"强指甲碑出乙碑，雌黄不分信口吐。北碑固可捧上天，唐楷真个不足数？自诩奇逸人中龙，妄称开张天岸马。""竟以丑怪作雄强，犬豕从来不类虎。为人为学皆极端，方言评之曰胡杵！"其论白石老人书，言其"行书看似不经意，万千思绪幅内藏。使转柔和实少见，不似平时肆张扬。"其论黄宾虹、吴缶翁，曰"衰年变法两大师，缶翁宾翁路径分。二公未可分轩轾，近代艺术两昆仑。"其论弘一法师，直言"自从弘一衣淄后，法书变化何太骤！遒骏北碑已不见，线条软弱形体瘦。后人评论信口出，皆说跻臻高成就。空灵枯寂皆诳语，禅意云云也大谬。舍弃一切有为法，岂能艺术再追求！"其论郭公沫若，云"发奸擿伏寻靥匿，曾使丑类尽胆寒。如何大功告成后，前后判然如两人？"皆直抒胸臆，深得吾心。其论梁实秋、胡兰成等人书，亦能中其肯綮，要言不烦。其颂潘公天寿也，则曰"先生悲剧何由致？令人一思一泫然。" 爱憎之间，胸廓已见，一唱三叹，皆令余击节以赞。余素日亦喜论前人之书，然论则论矣，未尝著之于文字也。今得樯兄之诗，一一皆与余心相合，余虽掷笔不录可也。

樯兄论书之诗既得二十余首矣，裒而成集，属余弁言于其前。余闻而惶恐，以为不足当也。然樯兄之所论列，皆余久欲言之者。樯兄既已言之，余不言可也。弁言于其前，谢樯兄之劳也！樯兄甚劳而余甚逸安，不亦可乎！樯兄其勉之！

雒三桂

丁酉春月于京华之琴音堂。

答友人问

——《近现代书人二十家诗评》代前言

问：你是怎样计划写这本书的？

答：没有计划，它不是计划中的产物。记不清确切的时间了，好像在四五年前，可能当时正读一些古风体的诗歌，偶然接触一个书法欣赏的问题，也忘了最早是看谁的了，不觉得便用古风诗体裁诌了一首，来发抒对此人书作的看法，写后觉得很舒服，此后接二连三写上了瘾。写完就放在那儿。几乎有了一大半篇目了，才想起集成这样一个小册子的。

问：你为什么要用古体诗来抒写这类书法欣赏的内容呢？

答：因为这种题材容量大，可以写得很长，同时比较自由，格律限制相对而言不太严格，这样能够畅所欲言。本来书道中人论书法，有作《论书绝句》的传统。王文治、阮元、包世臣、康有为均有《论书绝句》之作，尤其是当代启功先生《论书绝句百首》，论书法艺术的方方面面，更是这方面的扛鼎之作。但是四句二十八个字说清楚一方面的事情，非有高度概括能力不可，自揣学力、见识都达不到，勉强地东施效颦，徒增笑柄。宁可用这种笨办法，多饶舌几句，免得被人笑话。

问：古体诗是种什么样的诗体呢？

答："古体诗"是对应近体诗而言的，它是个很宽泛的概念，在近体诗即律诗和绝句的格律定型以后，在此以前的诗体通称古体诗。如果细分，古体诗还可分为古风体、歌行体、乐府体等多种。一切事物都是由简单到复杂的，随着语言的发展，韵文的形式由《诗经》的四言发展到五言，无名氏的作品《古诗十九首》便是，作者留下名字的便是魏晋五言诗。乐府诗也有自身的传统，近体诗兴起以后，古诗各种题裁仍继续应用和发展着。历代诗人都作古体诗，近代柳亚子、黄遵宪都是写古诗的大家，当代赵朴初、钱锺书也都有传世的古诗作品。

问：写古体诗要遵循怎样的格律？

答：讲近体诗格律的书倒是有多种，恕我孤陋寡闻，真还没见过专讲古体诗格律的专著。古体诗当然也是有一定规律可循的。没有专门的著作，就只好从古典名著的例证中来慢慢领会、熟悉，就像西方欧陆法系按法律条文判案，英伦海洋法系则按过去的判例判案一样。凡是过去经典名作有过的结构、句式，都应视作是合格的，凡是过去经典名作用过的韵律、声调，也都是合格的，我们做古体诗的时候，也可以采用。

问：能不能说得具体一些？

答：先说篇幅可短可长，"雨雪霏霏雀劳利，长嘴饱满短嘴饥"（北朝乐府《雀劳利歌辞》）只两句，李白《静夜思》只四句，孟郊《游子吟》只六句，但白居易《长恨歌》一百二十句，李白《赠韦太守良宰》一百六十六句，古人还有至二百韵计四百句者。

再说句式，典型的是没有变化的五言或七言的句式。变化的格式就太多了，可以用两个三字句顶一个七言句，如"车辚辚，马萧萧，行人弓箭各在腰，爷娘妻子走相送，尘埃不见咸阳桥"（杜甫《兵车行》），又如"舒州杓，力士铛，李白与尔同生死"（李白《襄阳歌》）。超过七字以上的例子很多，一般是七字句，上面加三个字或四个字，如"君不见，黄河之水天上来，奔流到海不复回"（李白《将进酒》），又如"弃我去者，昨日之日不可留，乱我心者，今日之日多烦忧"（李白《宣州谢朓楼饯别校书叔云》）。也可以直接就是超过七字的长句子，如"安能摧眉折腰事权贵，使我不得开心颜"（李白《天姥吟》），"霓为衣兮风为马，云之君兮纷纷而来下"（李白《天姥吟》），各有一个九字句。"其险也若此，嗟尔远道之人胡为乎来哉"（李白《蜀道难》），竟有一句十一个字的。有的五言与七言相兼着使用，如"朝出与亲辞，暮还在亲侧，弄儿床前戏，看妇机中织，自古圣贤尽贫贱，何况我辈孤且直"（鲍照《行路难》），"悔作商人妇，青春常别离，如今正好同欢乐，君去荣华谁得知（李白《江夏行》）。甚至可以四、五、七言杂用，如"朝避猛虎，夕避长蛇，磨牙吮血，杀人如麻，锦城虽云乐，不如早还家。蜀道之难难于上青天，侧身西望长咨嗟（李白《蜀道难》）。一般情况下都是双句，连缀成篇，每两句为一个单位。一个上句不押韵，一个下句押韵。最后押韵的那个字就是"韵脚"。但是也有三句一个单位，即有两个上句或两个下句的，如"五花马，千金裘，呼儿将出换美酒，与尔同销万古愁"（李白《将进酒》）。岑参《走马川行奉送封大夫出师西征》，除开头两句外，以下都是三句为一番，如"轮台九日风夜吼，一川碎石大如斗，随风满地石乱走……"直至篇末"虏骑闻之应胆慑，料知短兵不敢接，车师西门伫献捷。"

还有韵律，是随着语言的发展而发展的，古诗开始时当然是用古韵。"平水韵"出，作古诗也可以用平水韵，今人做古诗用普通话新韵也不算错，关于声调的问题，至南北朝的齐梁之间，沈约等人才发现汉语有平上去入四个声调。声调是语言中固有的，在此之前没有发现，不等于古人不讲声调的抑扬。说古体诗相对自由，是说可以压平声韵，也可以押仄声韵，可以一韵到底，也可以中间换韵。押平声韵的时候，最好单句用仄声字，押仄声字的时候最好上句用平声字。

问：你怎么看你对这些书法家的评价？

答：仅是对个别作品的一时的印象，绝对不可作为定论，一切艺术欣赏，都是主客体的互动。单以书法而论，一幅书作固然是固定的，但是一个书家，在不同的时间、地点为不同的用途所做的不同内容的作品，会有很大的差别，作为欣赏者，在不同的欣赏环境，带着不同的感情、情绪，印象也是不一样的。所以一千个人看莎剧会有一千个哈姆莱特，一千个人谈《红楼梦》，会有一千个贾宝玉、林黛玉。同样的秋天，愉快的时候会感到清爽，不愉快的时候会感到悲凉。红色可以使人热烈，也可以使人烦躁。所以，同一位书法家的同一幅作品，今天看会和昨天有不同的感觉，当然固定的看法会有，变化也会有，而且都不可能是准确的。

还有一点应说明的，艺术作品是作用于感官，影响感情和情绪的，随着情绪的波动，有时会有一些极端的、偏激的表达。四平八稳的、面面俱到的、无过无不及的、详尽准确的话，是政治家在公共场合的话，是老师在课堂上讲课的话。不极端、不偏激便不成其为一个艺术家了，所以可以用感官去直接感知作品，但是一定要用理性来理解别人的间接的感知，所以希望读者不要受了我的误导，也不要受了其他一些理论、解说的误导。

问：今后，你还会继续写此类的诗歌和文章吗？

答：这就说不定了，本来养成了习惯，如果不合成这个小册子，今后欣赏别家作品，还可能再用古体诗来表达一下感受。合成了这个小册子，可能就把这个习惯打断了，就像往布袋里面装东西，一扎上布袋口，就不轻易打开了。也可能积习使我继续做下去，过几年，再出个小册子也说不定。即使再搞个小册子，也会是个改头换面的小册子。固定了，僵化了，也就不是艺术了。

问：你还有什么想说的话吗？

答：希望读者喜欢我这个小册子，也希望和朋友们交流切磋，更希望专家、师友们的批评和指导。

吴昌硕

开埠通商七十年，十里洋场已蔚然。

又逢辛亥鼎革季，前朝贵族失特权。

孤臣孽子麕集处，卸却官架入市廛。

程朱不能当饭吃，书画倒可换"七件"。

纷然如同过江鲫，好个过渡文化圈。

缶翁忽作不速客，一脚踏进上海滩。

市井鬻艺求生计，笔刀为耒石作田。

诗书画印俱皆擅，书卷气韵盎于面。

朴面风兼金石气，根通太古连星躔。

猎碣倾侧饶趣味，复活了秦印秦权秦诏版。

衰年变法出新貌，生辣雄浑含逸隽。

巨儒名公皆侧目，望尘只把马首瞻。

犹如项王战钜鹿，诸侯壁上仰面观。

加盟豫园会，邀入题襟馆。

执掌西泠社，九老奉为先。

时代真个变化了，平民阶层长艺坛。

历史脚步向前迈，呼唤罡风扫灰埃。

应运而生是贤者，应劫而生成祸害。

开出艺术新气候，前朝颓靡永不再。

艺坛出了吴昌硕，历史进入近现代。

開埠通商七十寺十里洋場已蔚然又建辛亥鼎革之季
嚴朝貴族失勢權强臣擘千廛圍集雲翔卻官架
入市塵程來不雜當飯吃書畫任可援七件珍貴如同
灘市井聲島勢求生什筆刀為來百佐田訪去畫印便
皆出士書三章韻盡於西橫西凡兼金石字松面太古
照星罷躊獵傾側飽延味灣括予秦印書諧頭照
塵只把馬習瞻猶女項王戰鉅盧諸侯壁上卻面觀
衰年爰法出新歌生辣雄渾含逸驚巨儒名必皆目堂
加盟豫園會邊一題襟館執掌樓西泠社九老奉為先呼
時代立圖要化了不不階層藝壇聯手而成禍害異出蓬勃新
喚疊恕揭左坂亞運同生屺啊坦應刧而生成禍害異出蓬勃新
氣候前朝顏靡永不再藝壇出了吳昌碩歷史進一新現代

【赘语】

有人把吴昌硕定位为"海派书画领袖"，这说法贬低了吴昌硕在中国艺术史上的地位，试想早期京派领袖陈师曾是他的入室弟子，另一京派重要代表人物齐白石早年受过他的扶持，因此他应当被称为京沪两派的共主，是近代的书圣、画圣、印圣乃至诗圣。是近现代以来空间艺术的一个标志性人物、一杆大旗。

吴昌硕先生以望稀之年，橐笔踏入海上的十里洋场，当时海上书画界活跃着一个怎样的群体？一言以蔽之，前清朝遗老遗少的士大夫阶层，陈宝琛、沈曾植、李瑞清、曾熙、康有为、郑孝胥他们最低也是清朝的三、四品官僚，有的曾是历史上的活跃人物，但是他们都没把吴缶老当作另类，而是时间不久就服膺他、推戴他，承认他在艺术界的领袖地位，所以如此，固然缘于他炉火纯青的艺术成就，和他与人为善、海纳百川的人格魅力。但是单是艺术精湛就行吗？单是人品纯良就行吗？孟子说："天时不如地利，地利不如人和。"他之融于上海的书画群体，并进而领袖群伦，与他一辈子时间内营造的人脉关系有关，他不仅得到了天时、地利，也得到了人和！

从吴昌硕走出他家乡的芜园，走向城市闯世界，一路有贵人扶持。他是占居一个时代文化制高点的大学问家俞樾的入室弟子自不必说。"曼陀罗斋"主的词人杜文澜，藏书"宇楼"和"十万卷楼"的陆心源，居住听枫园的古印收藏大家吴云等，既是地方官员又是著名文化人。他先后在这些人家中做过管帐人、幕客乃至教馆先生。尤其是吴

云，为他做中介，使他结识了潘祖荫、翁同龢，还曾为张之洞制过印，入过吴大澂的幕府，这些清朝的封疆大吏和帝师之尊的宰辅，他与这些人以文化人的身份交往，从治印到边款上可以看出态度不亢不卑，与其下众人更是平起平坐，在上位者不以富贵骄人，他也不以民间的身份感到自卑，尤其他还兼着九品小吏的身份，如果纯布衣身份也还罢了，既当九品小官僚为什么没受官场陋习的影响和那些人交友。当年在苏州顾文彬的怡园中，列为"怡园七子"之一，那么在上海成为包括陈三立、康有为在内的"九老会"之首就一点也不奇怪了。

从与以上这些人的交往中，围绕吴昌硕的故事，文人间只有互相奖掖，互相提携，没有倾轧诋毁，也没有反目成仇的现象，我们不能像带魔幻色彩的电视剧一样搞穿越，走入那个时代，但从这个现象看，那个时代文人群体的生态都是后来阶层固化，等级观念加强的一些时候所达不到的。这些现象令人三思，令人羡慕。

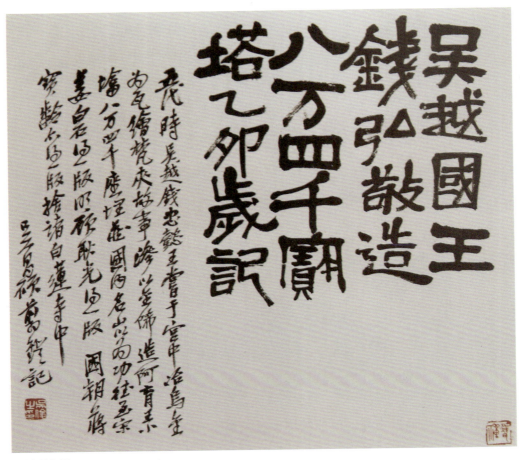

吴昌硕作品

吴昌硕作品

康有为

南海先生号长素，自视近代一大儒。

托古改制述《公羊》，保皇保教忠胡虏。

临死复辟演闹剧，作成史上一怪物。

政治失意票书法，拾人牙慧剽安吴。

创作《广艺舟双楫》，被讥"狭艺舟单橹"。

好像传奇乔太守，乱点书法基因谱。

强指甲碑出乙碑，雌黄不分信口吐。

北碑固可捧上天，唐楷真个不足数？

自诩"奇逸人中龙"，妄称"开张天岸马"。

亵渎了"诸天花雨菩提赞"，

何尝学"天地烟云颠素书"。

从此书坛开恶例，仲尼徒叹"觚不觚"。

竟以丑怪作雄强，犬豕从来不类虎！

为人为学皆极端，方言评之曰"胡杵"！

曾获恶谥"圣之骗"，鼻上难揩白粉涂！

南海先生雖七孝自視近代一大儒托古改制述公羊

保皇保教忠胡虜临死後碎演闹剧作成史上一怪物

政治发言票士拾人手楚票安些创作质藝

舟雙楫疲誘爺爺丹黑樯画像傳奇考太

守乱経士廿呈因谦偌拈碑生一髅碑瓘夏

不分低口吐小碑田西摇弄上高楷多一个不己

獮自詞等逸人中就西枇罗累孖掌写襄漠

了诔天花雨言招赞白常字天地烟雲題事亡说

此也壇舁无係伊尼狂嘆餓不於亮丑怪地雄

陀尤可笑求不额便为人為字皆推挺方呈诔之

日胡枝草蔧无諡雲之骗鼻上離拈白將達

辛酉建徴後康更为

二月三日

【赞语】

我对康有为素无好印象，我觉得他是个妄人，他那一套学说，把一鳞半爪的《公羊传》"三世说"，《礼运》的"大同"思想，与道听途说的西方庸俗进化论以及当时西方资产阶级的民主制度，进行拼接、杂交，搞一套非驴非马的没有可操作性的东西，全不顾当时的主、客观条件，便操切地推行起来，结果失败后自己逃之夭夭，不但枉送了一批中华精英的性命，也打乱了中国社会进步的顺序和步骤。此后堕落成死硬的保皇派，就更不值一提了。

以上并非我们所关注的事情，还是回到书法上来。我曾设想，康氏"公车上书"的时候，那些上的书是谁缮写的？那文稿一定是馆阁体的吧？纵令此稿不是康氏誊抄，可是康氏考举人、中进士，那卷子是什么字体写的？可断定，他会写一笔颇为不错的馆阁体，天知道他怎么一部书稿写成，就脱胎换骨成了北碑派书家了？其实他写的一点北碑的影子也没有，纯粹是馆阁体结体，俗隶的笔法。在使转上再羼杂上一些故弄玄虚的鬼画符，这就成了"康体"。其理论方面，全是拾包世臣的牙慧，加上一些他本人固有风格的极端的话、过头的话。其实所有论点都没超出包世臣的范围。在这里片言只语难以一一指误纠谬，我很欣赏近代学者刘咸炘所作《弄翰馀瀋》一文，把康氏驳得体无完肤，建议有兴趣的朋友一阅。

诗中"开张天岸马，奇逸人中龙"，和"诸天花雨菩提赞，天地烟云颠素书"，都是康有为曾经书写的对联，不是为调侃而调侃，而是为

了破除对康有为的迷信。

"马"，叶韵应读作"mu"，如《诗·邶风·击鼓》："爰居爰处，爰丧其马"。"马"字下注"叶满补反"，又《楚辞·九歌·国殇》："霾两轮兮絷四马"之"马"，音韵并同。这样才能与下句"援玉枹兮击鸣鼓"相叶。

21

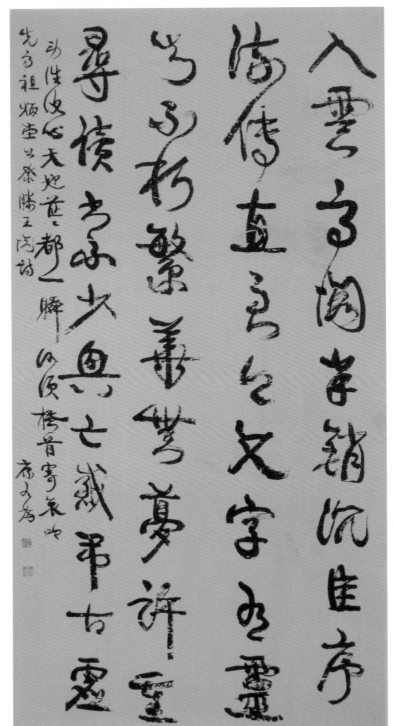

康有为作品

22

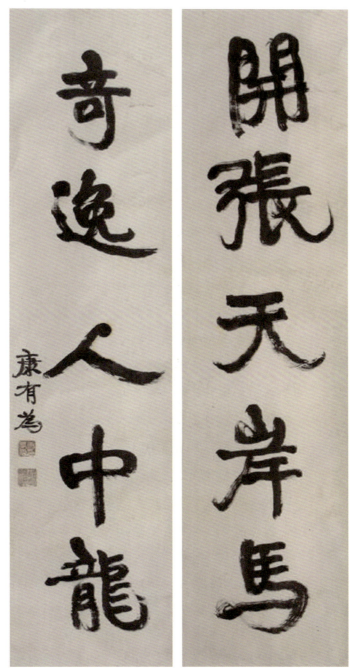

康有为作品

23

齐白石

白石山人名齐璜，生长湘潭星斗塘。

五十七岁闯北京，书画不邀时辈赏。

满面风尘人不识，寄居僧舍倍凄凉。

友人携画东瀛去，墙里开花墙外香。

从此声名满宇宙，诗书画印擅胜场。

晚年自述生平略，往事一一动柔肠。

祖母祷庙求祛病，叩地有声头面伤。

喜雨泥泞祖父背，黑羊皮里黑甜乡。

单等文章下锅煮，二老久已隔阴阳。

行书看似不经意，万千思绪幅内藏。

使转柔和实少见，不似平日肆张扬。

试想老人书写时，眼含泪水鬓带霜，心旌摇曳灯昏黄。

老人高寿九十四，生气内充精力强。

从无英雄气短时，也见儿女情意长。

人同此心心同理，智愚贤否无二样。

白翁心肌柔软处，感动我心同悠扬。

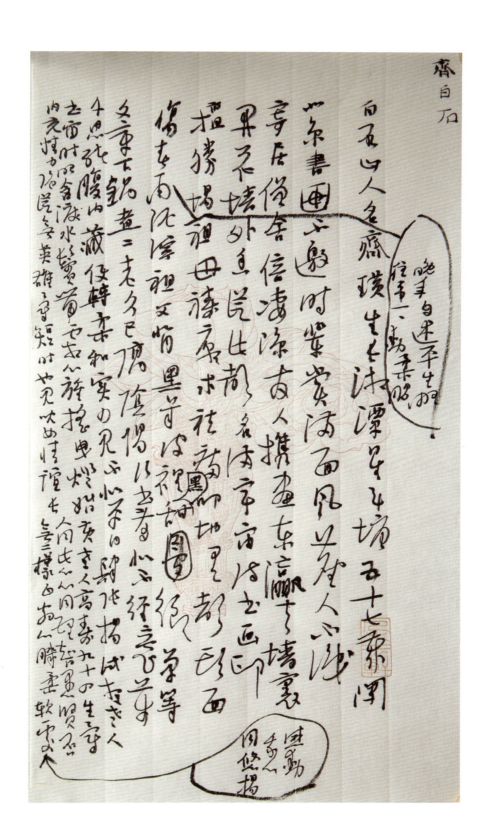

【赘语】

抛开书法艺术不论，单就白石老人《生平自述略》所记述的内容，也是很感动人的。他记述："少时多病，病危时祖母常祷于神祇，以头叩地作声，伤颅坟起。"还记"予走读，春雨泥泞，祖父负于背，左手提饭箩，右手把雨伞……"还记"尝以黑羊皮衣左襟裹予于怀，睡之。"可是，她的祖母毕竟是个贫苦出身的老农妇，对他的读书、写字不能理解。"一日，祖母正色曰：汝只管读书写字，生来时走错了人家。谚云：三日风，四日雨，那见文章锅里煮……"文章不能下锅煮，就是文章不能当饭吃的意思。等到白石老人成功之日，文章可以锅里煮的时候，当年爱他的祖父母，早已下世多年了。读着这样的文字，怎能不让人动情。同时也可遥想老人当年写下这些文字的时候，也是动了真感情的。

白石老人诗书画印堪称"四绝"，这是举世公认的。至于成就他四绝的条件也是多方面的，其一，特殊的禀赋，不必多说；其二，毕生不懈的艰苦努力，人到老年一切定型之后还能成功地改变画风，所谓"衰年变法"，这是常人所做不到的；其三，机遇与朋友相助，在他成功的路上，年长于他的樊增祥，同辈的陈师曾，忘年之交的徐悲鸿，晚辈的梅兰芳，都曾给他以助力。除了以上的三个条件以外，长寿也是重要的原因，他生活的年代，人的平均寿命才五十多岁。他倘若在五十七岁时寿终，也应算是得享天年了，那么他也就不过是家乡一带小有名气的一个画家罢了。可他五十七岁时，又带着一支笔只身闯荡北京，开阔了一

片新的生活天地。在北京又活了三十七年，而且一生成就都是这后三十七年完成的。他一个人活了平常人的两辈子，所以说长寿也是他成功的必要条件之一。

　　白石老人从未自称为大师，他一代宗师的地位是后人公认的。把前段论述像代数题一样"代入"本论题，可以得出一个结论：成就大师的必要条件之一是长寿。因此奉劝那些自称大师，连做梦也想着当大师的人们，注意身体健康，一把心态放平些，心浮气躁是很伤身体的；二要生活规律些，不要沉迷于酒色。当你名利双收之后，离大师还差一步之遥的时候，私人会所那样的生活，还是少过为佳。

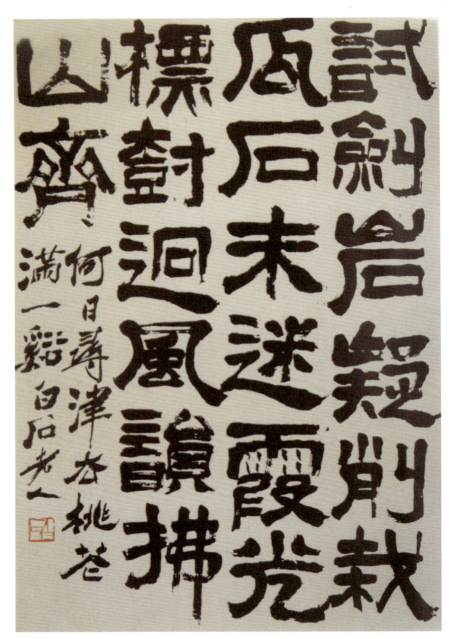

齐白石作品

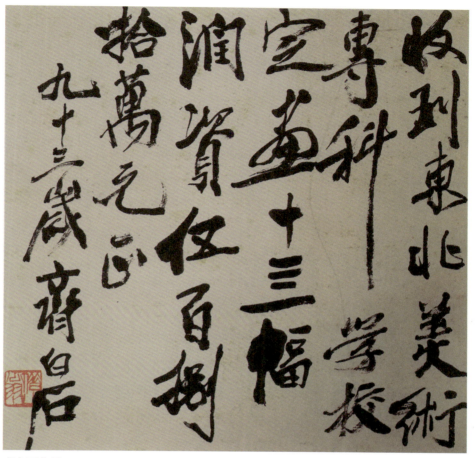

齐白石作品

黄宾虹

弱冠举业游黉门，甫及而立为缙绅。

也曾改良兴水利，行侠练武集乡民。

也曾结识谭嗣同，旅舍促膝论维新。

惑年避祸走海上，卅载著述作报人。

知命孜孜著画史，耳顺矻矻拣吉金。

虽然书画有夙慧，不于书画求立身。

作品不轻易升斗，宁甘淡泊守清贫。

众人不知亦不愠，唯有傅雷是知音。

古稀画风始大成，浑厚华滋立根本。

莫道先生成功晚，也凭一生用力勤。

笔具五法墨有七，内美外修如运斤。

远法金石凝古趣，近取山水绕烟林。

暗通西方印象派，只缘周易学问深。

八十杭州抒创见，画学史上分君民。

院体君学重外表，民间之学重精神。

衰年变法两大师，缶翁宾翁路径分。

缶翁变法向大众，宾翁变法溯先秦。

二公未可分轩轾，近代艺术两昆仑。

呜呼人寿能几多？九十光阴犹促迫。

千年古画频经眼，万古陶金手摩挲。

东方艺术传薪火，先生一生未蹉跎。

何妨当世无知者，五十年后又如何！

弱冠束業游覽以甫及司空為縉紳
世罕及改良興水利以園俠練郁集
鄉居以曾結淨譚嗣同旅舍侶滕論
雜新戊年遇禍之海上卅發著述此
報人矢命孜孜著畫史耳順矾之探吉金
龍紋古畫至凤楚不州立盃木言方也
品不輕易弁手寧甘澹泊守淡貧
以人不忘之不愧唯之傳雷之言言
古稀畫凤邓大妫深厚亷澹三松芉
至遂先生盛功晚也復一生囷力勤
弟卅五佐甚至之七内黄亦修如迢
片嘉佳會石撵古遠近取以水銳

炯林暗面西方印象派
為繚周易學已園深
父枞妫捛劎尺畫學
史上多更院群果
荸香外表奚妫實奇
泃泾芳金岭變忤句大二
霉奇變忤湖光手手
三西未敛分颗輕近代
荸沅而此侖鳴呼人
壽攷踩珠為九十光嵗侩
迤千年古畫类經馮莕侶
古個金手摩筆東方義
陌佳三斬大先生二生諸論有
嫣莟世多亏老志五十年佳
又卿月

【赘语】

　　黄宾虹先生幼年受了良好的教育，打下了坚实的传统文化底子。早年已经诗、书、画、印四艺皆精。于画史、画论与地域文化等方面著作等身。但是多年不以书画名世。七十岁才出了第一本画集。八十岁才开了第一次个人的画展。这固然与先生不事张扬、不善炒作与推销自己有关，更是因为曲高和寡，他追求的是真正的文人书画，是士大夫阶层的高雅艺术，不随俗，不面向市井，而且先生不急于名世，还与有更大的追求有关。所以年届九十又有了一次大的蜕变，成就了今天学术史上的黄宾虹。

　　高雅的艺术永远是"小众"艺术。所有商品的价格，虽然受多种因素的影响而浮动，却总是不能离它的价值太远，艺术品的价格与价值之间的关系却不是那么恒定的。倘若不是因为有一个学贯中西，用世界艺术史的眼光来欣赏、评价他的作品的傅雷，就可能真如黄宾虹先生所说，他的作品要五十年后才为人所知。可是即便那样又怎么样呢？在艺术史的跑道上，一代代艺术大师们像跑永无休止的接力赛。每个大师们只要跑好自己的这一棒，这就够了。

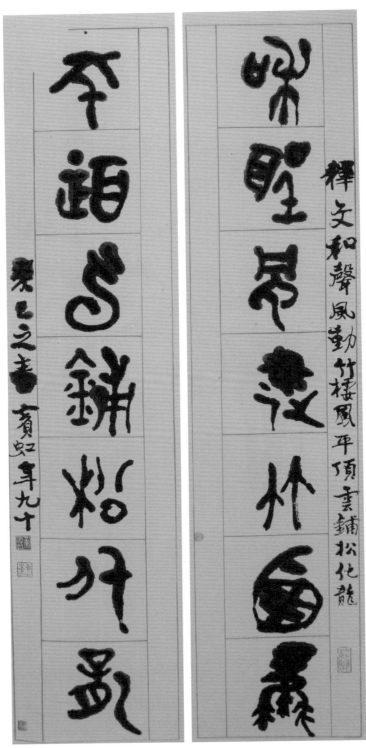

黄宾虹作品

笔甲劦周金石壽

林埜宫桑書圖新

式園先生精鑒古物尤喜收藏今届

茲辰六十大慶爰集古籀文字以蒼彞葉之頌

繫正是幸拙劣不足觀也

己丑八十六叟賓虹並書

黄宾虹作品

李叔同

风流才子李叔同，出身官宦旧门庭。
翩翩浊世佳公子，走马京郊类五陵。
移居海上交南社，也曾留学去东瀛。
诗文书画与音律，玛格丽特氍毹行。
艺术门类般般数，般般皆居最上乘。
绝世才华实罕见，难道后主是前生？
一旦悟入色空境，毅然披剃唪佛经。
一生行谊知易尽，内心世界谁说清。

自从弘一衣缁后，法书变化何太骤。
道骏北碑已不见，线条软弱形体瘦。
后人评论信口出，皆说跻臻高成就。
空灵枯寂皆谀语，禅意云云也大谬。
舍弃一切有为法，岂能艺术再追求？
留作宏法之工具，不求美亦不求丑！
日居月诸如水流，佛门精进廿四秋。
涅槃日近应含粲，宇宙真如已参透。
欣因路径选择好，悲者世界未入彀！

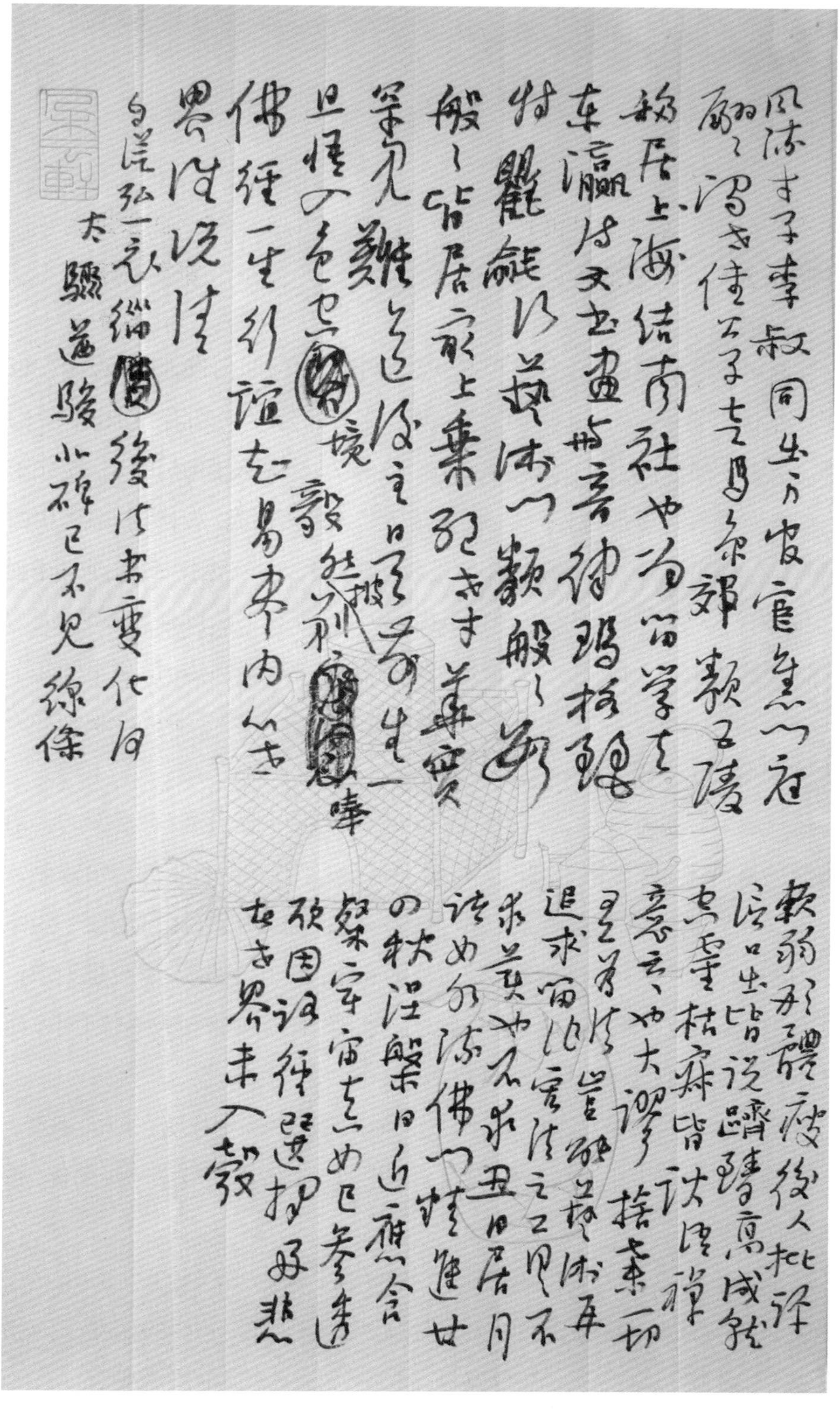

風流才子李叔同生为达官至一身

願～溜き佳五子亡以原郭颖召陵

報居上海結南社や為留學之

東瀛は又名畫家音律瑪樓琴

待麗能以英術一颖般～所

般～皆居前上乘乱きま善實

筆見難之远役日婚子生一

旦�憚の色悉　境毅結秋律

佛经一生行誼も易来内ム書

思想但佳侍

自署弘一元缁圓　後は書要化日

太骊道骏ぶ碓已不见经傳係

教弱形體廢後人批評

语口生皆说聲聲高戒锐

志雲枯森皆決因禅

意云や大澤捨素一切

退求而此虚出術再

見耳皆認品術廿

诗め的法佛の懷進

の秋涅槃日近應舍

築宇宙を立めも参透

頑固話行選擇好悲

左き終末一毅

【赘语】

褒词同时也就是贬词，凡是说弘一法师书作如何如何进入化境云云，也就是批判他不是一个好和尚，因为《金刚经》有偈云："一切有为法，如梦幻泡影，如露亦如电，应作如是观。"一个皈依佛法，出家入了佛门的人，在此前的一切皆应毫不犹豫地舍弃。弘一出家前于艺术的多门类，如诗词歌赋、中西绘画、音乐戏剧，皆有极高的造诣，他是西洋绘画和西洋话剧引进中国的开创者，但是出家以后从不再为，亦绝口不提，为什么唯独书法没有舍弃呢？因为书写是宏法利生的手段之一，无论是钻研佛法还是宣扬佛法，都离不开文字书写，他写字只是为了写字，不是艺术创作，也可以说，对于"书法"，他捨弃了"法"，只留下了"书"。

弘一是个好和尚，他虽然中年以后才出家，但是一旦出家，在佛法的参悟和佛学的继承上，都做出了杰出的贡献。他恢复了绝学数百年的南山律宗，成为民国三大高僧之一，而且佛门戒律的修持上也做到了六根清净，一尘不染。说他在书法艺术上有新追求，是对他的亵渎。好也是追求，歹也是追求；美也是追求，丑也是追求。这一些对他统统都没有！如果说他并不曾追求，而书法不期然而然地进入化境，那是梦话！

但是临终所书"悲欣交集"四字，比之他平日所书槁木死灰一般的字迹，确实又焕发了一丝生机，尤其是"欣"、"集"两字，仿佛恢复了一些劲健，带有了某种性格。

这是为什么呢？以我们的思想水准，是很难了解弘一法师的内心世界的，但是我们可以揣度一下，像俗话"以小人之心度君子之腹"一样的揣度一下，当然这也不能乱揣度，而要循一定的路径，这路径是弘一法师的临终遗言。

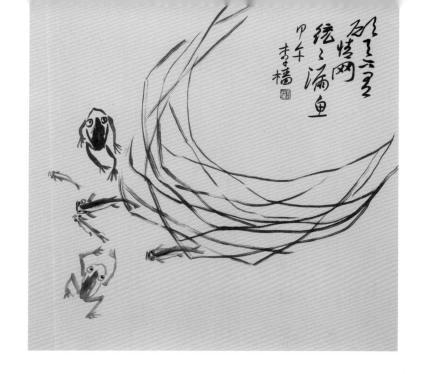

据记载弘一临涅槃时，对身边的法师说："你如果看到我的眼里流出了眼泪，那不是我对生命的留恋，也不是怀念亲人，而是在回忆我一生的失误。"

循此思路，我们可以推想：一个得道高僧是绝对勘透了生死，不会对此生怀有留恋的，甚至也不会有转世"乘愿再来"的想法，佛教认为世上一切都是无自性的，不是永恒的，这就是"无常"。可是人如果能转世再来的话，不论这出入了阴阳两界的是什么，叫他灵魂也罢，叫他"阿赖阿识的种子"也罢，既然能出入两界，不断地生生死死，那么它就是有自性的，永恒的了。这与佛教的基本观念是矛盾的，"六道轮回"的说法，是接续印度上古时先民的思想，从而"应机施教"，教育一般"愚夫愚妇"的，真正参透了佛法，不会执着于轮回转世之说。

至于怀念亲人，对亲人的爱也不是一个佛教高僧应有的感情，佛教徒把"爱"扩大为"慈悲"。愿给一切众生安乐叫做慈，愿拔一切众生痛苦叫做悲。"悲欣交集"四字中的"悲"，也应作此理解。这种慈悲，不同于儒家爱有差等的所谓"仁"，而是没有差等的，不分远近亲疏的"同体大悲"，因此对冤亲债主是一样看待的。

不留恋此生，不怀念亲人，那么法师的遗憾在何处呢？就只能是没能达成普度众生的宏大誓愿。弥留之际，众生苦痛让他怦然心动，这是他心情"悲欣交集"的原因，也是他书写这四字时带有情绪性反应的原因。

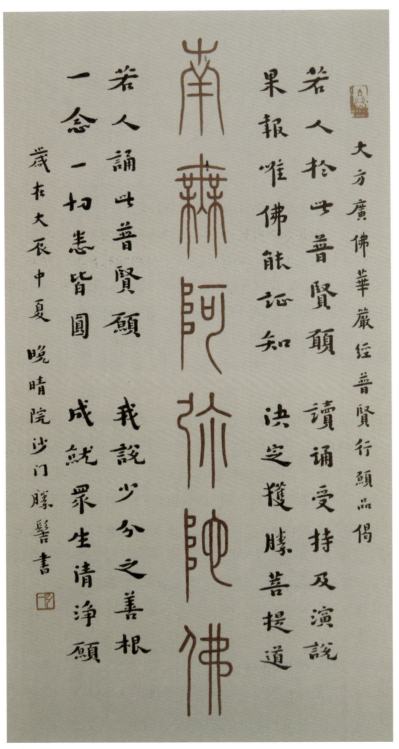

南無阿弥陀佛

大方廣佛華嚴經普賢行願品偈

若人於此普賢願　讀誦受持及演說　果報唯佛能證知　決定獲勝菩提道

若人誦此普賢願　我說少分之善根　一念一切悉皆圓　成就眾生清淨願

歲在大辰中夏　晚晴院沙門滕髻書

李叔同作品

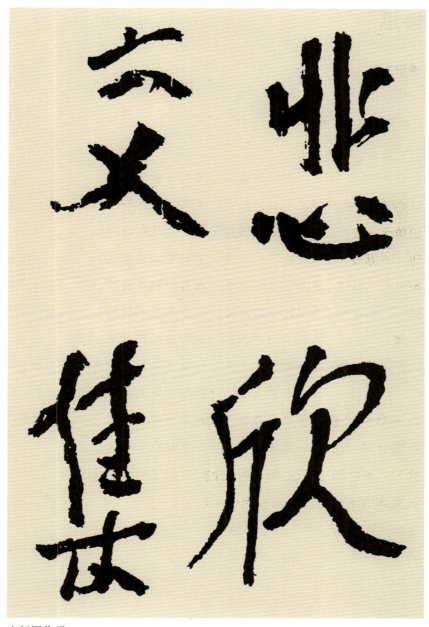

李叔同作品

鲁迅

文人书法谁最工，缕数当世推迅翁。

睥睨千载接魏晋，不露圭角自峥嵘。

质朴之中兼洒脱，谨守法度有融通。

一任天下秋肃满，不妨笔端春温浓。

寂寞文苑彷徨意，血荐轩辕是初衷。

正因信手挥洒处，无意才显真性情。

风雨不动安如山，生命密码在其中。

非如时下卖字匠，好像善变孙悟空。

古籀今草信手出，不知哪是真面孔。

曾誉中国之脊梁，也获肇锡旗手名。

领袖文豪两相惜，一代双伟各惺惺。

宜将"横眉俯首"对，径丈擘窠镌珠峰。

文人生于浊世，握一世笔墨迅扬，睥睨千载……

请鲁迅先生
七月十二日

【赘语】

  鲁迅先生是我国现代伟大的思想家、文学家。我觉得作为思想家的鲁迅，较之文学家的鲁迅更有意义。毛主席称他为中国文化革命的旗手，洵非虚誉，与思想和文学的伟大贡献相比，书法对于先生来说真是"馀事"！可先生短促的五十多年寿命中，写出了千万字以上的手稿。真像古人所说的磨穿铁砚。这"馀事"正是他每天要做的事，他在思想和文学方面的伟大贡献，都是靠这"馀事"表现出来的。

  有千万字手稿的磨练，鲁迅先生的书作，要叫它不好都是不可能的。看鲁迅先生的书作有一种厚重感，觉得稳如泰山，同时又是那么简易，那么举重若轻。有时想，看鲁迅先生那样写字的任意和率性，真觉得简化汉字都是多此一举。看其他书法作品，哪怕是看《褉帖》，也不过就是觉得好，也不

过就是止于欣赏罢了。但是面对鲁迅先生的作品，一种衷心的崇敬之情油然而生。时下江湖术士有一种"气场"的说法，我听了觉得云山雾罩，不过是一种时髦的迷信。可是看鲁迅先生书作，仿佛真有那种气场似的，他不仅著作是我们无尽的精神财富，人格是我们的楷模，书法作品也是留给中国人民永远的艺术瑰宝。

诗中"秋肃"、"春温"、"寂寞文苑"、"彷徨"、"血荐轩辕"等意象，都是化用鲁迅先生的诗句。

铭原先生：

先已收到宗莱史研究两回，小品两回共为刷，但小注必丰，
刻尚未收到，恐失落，尚未可知。且稍待，如更补写亦佳，
均之之。

日本语之 NORito，是"祝词"。

半到此已月馀，日惟在妙，读完，读后，无聊之极。疲乏，而毫
无成绩。所敌批门，译书，但无把握也。

今惟讨厌，而对于宗教学，与民之人留心。敢读书要大势，将来之
有人顾问者，独仍惟文艺之流派。然亦有意一试之否？此前回在
语生上而读之，遂存之，察是一部好书，倘译成中文，当有读者，
且不至于白读也。半农译伤国小说，似有择其短者而译之之
势，我以为不大好。

太[ ]前[ ]有[ ]

迅 上
十月十四

鲁迅作品

灵台无计逃神矢，风雨如磐暗故园。寄意寒星荃不察，我以我血荐轩辕。

二十一岁时作五十一岁时

写此时辛未三月十日也 鲁迅

鲁迅作品

谢无量

革命营中曾侧身，功成身退又从文。

平生学兼文史哲，海阔渊深贯古今。

平民文学传马罗，楚辞新论解灵均。

矮纸斜行是馀事，细雨剑阁作闲吟。

文章著述重兼济，诗不结集字不锾。

馀闲莫当等闲看，诗书坛坫称重镇。

大贤虎变愚不测，先生不是蓬蒿人。

看似漫不经心处，透出学养功力深。

汉魏晋唐隐隐现，天真烂漫难指陈。

熟而不媚乃生拙，欹侧之中求平稳。

白鸥无机飞晴海，漠漠水田白鹭群。

北碑也有宁静趣，南帖未必不精神。

后人不中肯綮处，漫言童体是童心。

自古仁者福寿长，先生耄耋仍昂藏。

心事顺遂注笔端，禅心佛趣暗滋长。

跌宕依然旗正正，倾侧仍旧阵堂堂。

无量智慧无量寿，宜其雅号曰无量。

革命營中黃僑方功峻力匡又遠文
孚生孛董又史藉湖淵泥费
古木孚叻文傅馬罗梵楮勤必
解雲均娉孔卿子号财了
細雨劍罕此罕文竺送重董濟
許不孫具宇不罢附罕年當求
重竺云測先生叻可遠賢人
看小漫不给仏罢生孚养功力深溥
觀吾用隐～战了陳炧漫雑指陳
墅而不娉乃生批数僑云中亦子稳
白臂二与揉元叻海漢之水日白谤眷
小弥也之字郭遠而站来仏不悕神

孫又不中肯蔡平为
湯言章禅号章
仏白古仁也福孝
伽叻先笑老竺顺道
注筆筝老孫伸
无暗滋長跌完
俗紅檞巨傾侧仏
延崖堂人无尽邑
智楼好聊堂孝
宜二与難猯日

【赘语】

　　杨守敬《书学迩言》开头就说："梁山舟《答张芑堂书》谓学书有三要：天分第一，多见次之，多写又次之。此定论也。……而余又增以二要：一要品高，品高则下笔妍雅，不落尘俗；一要学富，胸罗万有，书卷之气自然溢于行间，古之大家莫不备此，断未有胸无点墨而能超轶等伦者也。"

　　旧时民间评论写家成功的道路有两种，叫做"功夫字"和"才分字"。"功夫字"是指下苦功夫磨练而成者；"才分字"是指对书写有异常的禀赋，不用花大力气就有相当的成绩。

　　参照以上说法来欣赏谢无量先生的书法成就，我们不能说他没有下过苦功夫，也不能断定他有无字才，但能说这两者都不是他成功的关键，他成功的关键是学养深厚，或者说在世俗的评论"工夫字"、"才分字"之外，再加上一项"学问字"。

　　何以见得？

　　谢无量学术领域宽阔无边，涉及史学、文学、哲学、政治学、佛学等多方面。而且他不是一个文化的保守主义者，这表现在第一他较早宏

扬古代平民文学，著有《平民文学之两大文豪》
（再版时书名更改为《马致远与罗贯中》），第
二表现在他支持和参与"五四"新文化运动。这
样一个著作等身的学者，唯独没有书论方面的论
述，甚至写字连章都不盖，说明他拿书法很不当
一回事，是当作真正的"小道"、"馀事"来对
待的。表现在具体作品上便是一种无法之法！看
似毫不经意，其实映照出各种传统的影子，非学
力深厚者，不能为此。

近现代书人二十家诗评

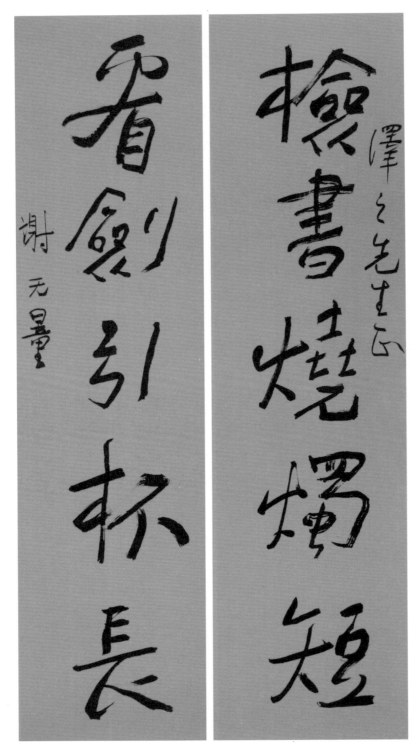

谢无量作品

52

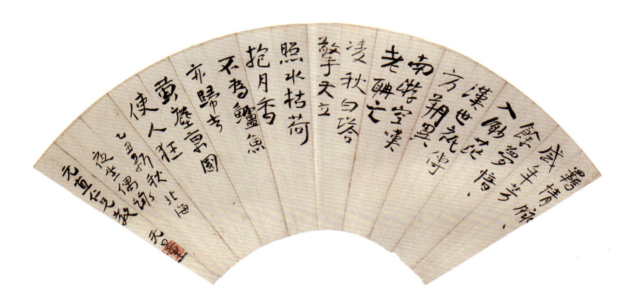

谢无量作品

郭沫若

郭公法书本强悍，未许道义见铁肩。

福至心灵居高位，只把题字作等闲。

处处单位悬牌匾，家家厅堂挂对联。

名胜古迹勒贞珉，书籍报刊见题签。

一种面孔寻常见，任是铁肩也磨圆。

伯简尝言书如人，揆之先生亦其然。

先生风骨本凛凛，挥洒笔墨如策鞭。

借古讽今托粉墨，前人事给后人看。

发奸擿伏寻慝匿，曾使丑类尽胆寒。

如何大功告成后，前后判然如两人。

自我贬损应难怪，应景批判也勿嗔。

不该颂歌献"旗手"，辜负当年唱《女神》。

宁如大隐隐朝市，噤声失语随群伦。

【赘语】

　　郭沫若在文化、艺术上的成就是多方面的，他是中国新诗体的奠基人，比起他来，胡适的《尝试集》的确不过仅是尝试。他是用马克思主义的唯物史观研究中国历史的第一人，至今通用的教科书上采用的历史分期还是按他的说法。中国古文字研究方面他虽不是开创者，也是卓有成就的大家。罗振玉号雪堂，王国维号观堂，郭沫若号鼎堂，合称甲骨界"三堂"。他的甲骨文和金文著作，都起了阶段性总结的作用。历史剧创作上他也有开创之功，《虎符》、《孔雀胆》、《屈原》、《蔡文姬》篇篇都堪称经典，从哪一方面论，他都是文化巨人。

　　1949年共和国建国之后，他的创作主要转向了古体诗词，除个别剧本及部分学术论证（如关于《禊帖》的论证）以外，不大有其他创作问世。他的古体诗词多是应酬之作，不可能精益求精，但实在太过草率，降低到地方上二、三流诗人的水平。"山水佳天下，诗歌颂桂林"，哪有这种兜底倾出毫无馀蕴的章法？"满湖艇子积肥忙"，"秧歌舞罢笑盈腮"，并非不能入诗，只是出自郭沫若之口，有些自贬身价。

　　书法也是同样的问题，也许是审美疲劳的缘故，太多太滥便觉得俗

了，以前直认为柔媚熟滑的书作容易俗，其实剑拔弩张之作，也可以俗，而且俗得更不耐看。据说有个有名的人贬损郭氏，称"若论书法，我用脚趾夹根木棍，都比郭沫若写的强。"此语太尖刻，太不忠厚，可是对比起来不论行书还是草书，那人确比郭氏高上一个档次。可见艺术家要爱惜羽毛，不代表自己水平的作品，宁可不往外拿。

至于郭沫若晚年的软弱，我们不了解内中原委，实在不可妄议。将来如果有人想作郭沫若的评传，那将是世上作家、艺术家中最难做的评传，任你掌握了多么丰富的材料，都很难进入他的内心世界。

郭沫若作品

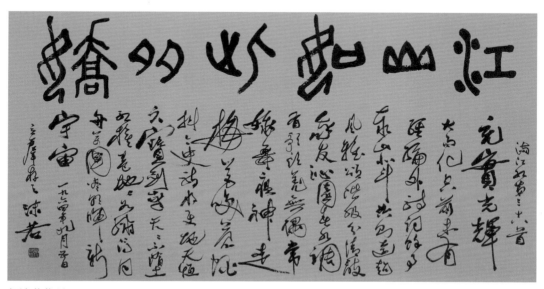

郭沫若作品

茅盾

茅公晚来占福星，不整人也没挨整。

安享尊荣居高位，富贵寿考得善终。

平安不是伟人福，没有故事便平庸。

但能见新闻列序官排位，几曾知当年文坛纵横任驰骋！

书作倒是不少见，未因官位掩书名。

也书迅翁"横眉"对，无奈牛病怎耘耕？

旧作"北方佳树"篇，长矛挺立惜无颖！

偶见自题自选集，不显福相瘦伶仃。

不似买桑老通宝，倒像林家铺子怯寿生。

人书也有不如处，此公可作一证明！

忆昔少年读书时，题签多署沈雁冰。

流畅挺俊行书字，上承香光接吴兴。

飒如秋风掠雁阵，恍兮若闻云间鸣。

舞台一雁抖长袖，雍容华贵《春秋亭》。

从此心中留印象，如此笔力如此型。

可惜江郎才已尽，笔花飘落瓣零星。

时光真是无形剑，销磨落拓尽英雄。

【赘语】

说茅盾先生"不整人也没挨整"，只是民间的表面印象而已，在那种时代，处于他那样的地位，时时处处都是不能不表态的。但是我们没见到他批判他人时的猛烈炮火，也没见到他拼命地自我否定、自我贬损，便觉得他是平安无事的了。像他那样情况的年高有德者还有一些，如叶圣陶先生也差不多。

茅盾先生书法早年在文人书法中也是有名的和有特点的。从前所见大多是文学书刊封面上的题签，如"人民文学"、"小说选刊"等等，从那留下了很好的印象。如今偶然想起，偶尔在网上搜了一下，不料与我的期望值之间有了很大的落差。如他所书鲁迅先生的著名对联"横眉冷对千夫指，俯首甘为孺子牛"，便怅叹那"牛"是李伯纪"不辞羸病卧斜阳"的病牛。所书旧作《题白杨图》诗："北方有佳树，挺立如长矛……"便可惜那"长矛"倒像是未曾磨洗的沉沙的折戟！总的印象是怯，是破，是弱！

也许我所看到的都是他的老年字，等到环境宽松，他能以大量书作应世的时候，先生已经老了，属于他的那个时代已经过去了！

④ 而且我又有这样的设想：也许五
十年以更短，科学进一步，电子
打字机普遍了，汉字不成再是
机械化的障碍，而由于教学上
的改进，读写汉字也不停现在
那样费时，那末，"画论"也许又
麦了方向，以为保存着四千年的民
族文字（汉字）是必要的了。
以上片面的意见，聊供一笑。
不足为盖表计也。
此致 敬礼.
沈雁冰 肃.

茅盾作品

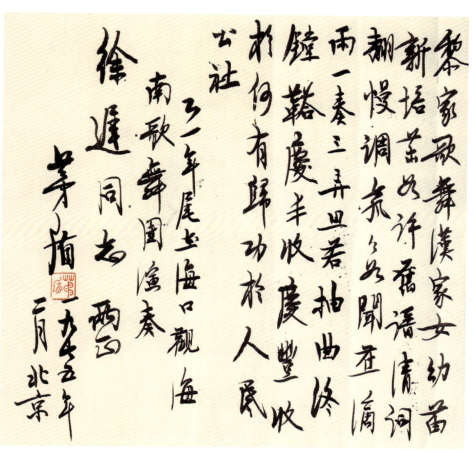

黎家歌舞漢家女幼茵
新語苗妹許舊語清詞
棚慢調荒多聞查滴
兩一奏三弄皿若拍曲終
鏟鞳慶羊收慶豐收
枓何有歸功於人民
公社
三一年底上海口觀海
南歌舞圍演奏
徐遲同志雨西
茅盾 一九七五年
二月北京

茅盾作品

潘天寿

家学本来有渊源，浙江一师是宿缘。

邂逅大德李叔同，人生境界乃可攀。

早年结识吴昌硕，曾蒙缶翁青眼看，

赞其剑气吐豪光，比作解舞太古猿。

戒其棘行且容与，莫使太速误坠渊。

先生心中有灵犀，能会缶翁金石言①。

从此眼界得扩大，石涛八大任驱遣。

高歌猛进美术路，诗书画印四艺全。

一味霸悍是风格，劲健雄阔气浩然。

虽未入室承亲炙，吴氏真髓赖其传。

高等学府争延聘，实至名归理固然。

最先受知刘海粟，和而不同林凤眠。

顺水扬帆续航程，抗战陪都掌艺专。

先生甫至知命年，喜见神州换新天。

积极拥抱新社会，调适步伐永向前。

风风雨雨走过来，稳居艺界最高端。

何期稀年逢华盖，遭逢"文革""淮海"战。

行过"千山复万山"，难逃"罗织"遭"沉冤"②。

先生悲剧何由致？令人一思一泫然。

---

①吴昌硕赠潘天寿诗有"生铁窥太古，剑气豪毛吐，有若白猿公，竹竿教之舞"和"只恐荆棘丛中行太速，一跌须防堕深谷，寿乎寿乎愁尔独"之句。

②潘天寿先生被送到故里冠庄批斗时，有诗说："千山复万山，山山峰峦好，一别四十年，相识人已老。"和"莫此笼鞲狭，心乃天地宽，是非在罗织，自古有沉冤。"

【赘语】

像我们公认吴昌硕是艺术由古代进入近代的标志和旗帜一样，潘天寿先生是由民国进入新中国的艺术界一面高牙大纛，对他的艺术成就、艺术特点，可供几代人研究、总结，能产生多部学术研究的专著，不是仓促之间，靠一首诗、一篇短文所能管窥蠡测的，倒是一提起他来，便使我们想起一个沉重的话题，就是知识分子在上世纪下半叶的命运问题，因为他的遭遇是一代知识分子遭遇的一个缩影。

潘天寿先生倘若早生若干年，像齐白石、黄宾虹等老人一样，共和国就不再对他进行改造了，当作一道风景摆放在那里为社会添光彩就是了。如果晚生若干年，不受旧时代的影响，像一张白纸，全凭自己着色了。但是先生恰恰生逢这样一个年纪，如果他艺术上没有成就，作为一个平常的人，凭他忠厚平和的行事风格也能平平安安地度过一生，即使是年纪事业都和他一样，如果知机而退，在某个大学里或研究机关里，凭老本儿混碗饭吃，也或许就能落到空里，侥幸过关。但是，他不是这样的人，他由衷地拥护新政权、新社会，积极地改变自己，使之适应新制度，而且做得很成功，以致近二十年时间里一帆风顺，无论在业内的地位上和社会兼职上，都达到了一个艺术家所能达到的高度。

风风雨雨都过来了，迎来了"文化大革命"，有这样千载难逢的机会，于是一直对他羡慕嫉妒恨的庸才们，对他下手了；骎骎乎有上升势头的英才们，觉得先生挡了他们的路，也对他下手了；从他那里得到了许多好处的门生故吏们，为了撇清自己，也对他下手了。于是他落难了！整他的人说是发动了批潘的"淮海战役"，其实更应该说他晚年遭遇了"滑铁卢"。

如果是个灰溜溜的人物，甚或满身污点的人物，一茬茬的风景过去了，早已不是批判斗争的主要对象，即便受了冲击，也疲疲沓沓，死猪不怕沸水烫，承受能力要大得多，有的甚至可以心安理得地逆来顺受。正是又红又专的人，为新中国的文艺事业做出了重大贡献的一类人，遇到这种情况很难调适自己的心态，所谓皎皎者易污，翘翘者易折，他们承受打击的力量要差得多。老舍、赵树理都没能熬过"文革"，潘天寿先生也是那样。他开始还相信上级能还他清白，所以还在病躯煎熬中苦苦等待，盼望能得到公正的结论，可是等"三结合"上去的原来的领导人回来向他宣布他的问题属于"敌我矛盾"的时候，这最后一根稻草把骆驼压趴下了！

上述多种类型的知识分子的遭遇中，老舍、赵树理们的遭遇，潘天寿先生的遭遇，是最冤枉的一类！也是这个社会的自毁、自残的一类。它折射的是人性的弱点，由此我们想起鲁迅先生改变国民性的呼吁！

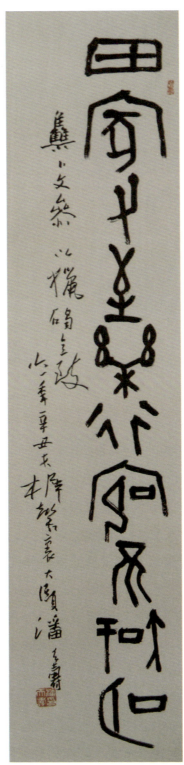

潘天寿作品

黑雲翻墨未遮山白雨跳珠亂入船

卷地風來忽吹散望湖樓下水如天

未成小隱聊中隱可得長閒勝暫閒

我本無家更安往故鄉無此好湖山

寶元隱亦也山然不如君看道旁

宇橋先生

石光所補天谿

書東坡詩

三二年木樨開時阿壽

潘天寿作品

丰子恺

曾游弘一法师门，水有源泉树有根。

尝听高论马一浮，做人规矩夏丏尊。

尼父《论语》有明训，"友直友谅友多闻"。

佛门大德多亲近，成就大爱原无垠。

一旦橐笔文艺场，作书作画又为文。

示出释门平和相，浓墨淋漓洒爱心。

椅子穿鞋有四脚，蕉扇两片作车轮。

三个儿女一台戏，如此有趣好父亲。

及至创作护生画，鸟兽乃可与同群。

作书自有三昧境，结体使转非等伦。

古今书论套丰字，皆是一派胡乱云。

仿佛每字都含笑，跏趺稳坐弥勒尊。

梵呗飘渺香烟绕，袈裟法事影缤纷。

初看平常易甄辨，加意摹仿却难臻。

无常不是断灭相，常即非常理具陈。

果然佛法无边际，应机得度居士身。

豐子愷〔印〕

曾遊弘一法師□水□□□□根常聽高論余一

深佩人和矩夏正尊孔子論語子□□友直友諒

畔多方佛以大悲多親迫以此也乢大惠爲衆長□

一切衆生之善始此□□盡又爲究竟出離四

口乎知此禅里□溮溮其心相子摩□□鞋□□

□蒼頭石斤此車輪三個如子一昔窺如□□

□□二親及此創作趨生趣生□□□□□□

君此乢也□了三昧境界役持如子伦古人言

□書畫皆盡一瓶胡蘆云仿佛面字□□□

□加訣撥生□莫梵吹飄渺□如發如□□

□□此猨生□□□□□□意音等仿□□□

塘□□□不盡别□□□回試如□□□□□

佛作□□遠際□樣乃度庠土口

【赞语】

丰子恺先生在他所处的那个时代的文艺圈中，是很特殊的一个，他出生在十九世纪末，经历了两个世纪三个时代。他在书法、绘画、散文三个方面都有很高的造诣，这都不特殊，类似的情况常有，多有！他的特殊之处，在于他作书、作画和为文都是一种风格，即宽厚的、平和的，与人为善的态度。除了对日寇侵略的谴责，除了对兵燹毁了他的缘缘堂的忿恨以外，没见到他疾言厉色过，没见到他詈骂和诅咒过，也没有冷言冷语的讥刺。他的漫画也涉及一些不如人意的世相，但都是善意的劝告，甚至是含着眼泪的劝告。

他之所以表现为这种风格，与他的佛教背景不能无关。他初出家门，进入浙江省立第一师范，对他影响最深的两个教师是李叔同和夏丏尊，两人都是信佛的，尤其是李叔同，与他非常投契。在李叔同和马一浮探讨高深的佛理的时候，也有意地把他安排在一边旁听，他一个十几岁的学生，那时便能听懂李、马所讨论的"无常是常，常是非常"这样佛教哲学的核心理论，也是有夙因的。后来他的老师选择了割断尘缘，毅然出家当了和尚，他却因割不断的尘缘（其实是不能推卸的责任）而做居士终身。他本来是诗酒风流的才子型人物，喜欢吃绍酒，喜欢吃螃蟹，持螯对菊最是文人的风雅事，但为了信仰，他戒酒茹素了，只是始终没走到出家这一步。我们对李叔同即后来的弘一法师不能理解，对他

的态度是理解和深以为然的。

　　他一生正应了那句俗语"平安即是福"，即便"文革"时期，固然程序性乃至程式化的事情谁也避免不了，但后来没听到谁与他呼冤叫苦过，没有资料叙述他遭受打骂和羞辱，顶多说他把批斗当作参禅。批斗时能够参禅说明他所处的位置不在风口浪尖上，顶多是沾在两边作个陪斗的角色而已。从那个时期过来能到如此境地也算平安无事了，何以至此？我觉得还是如一句俗语所说："在家不打人，出门没人打！"

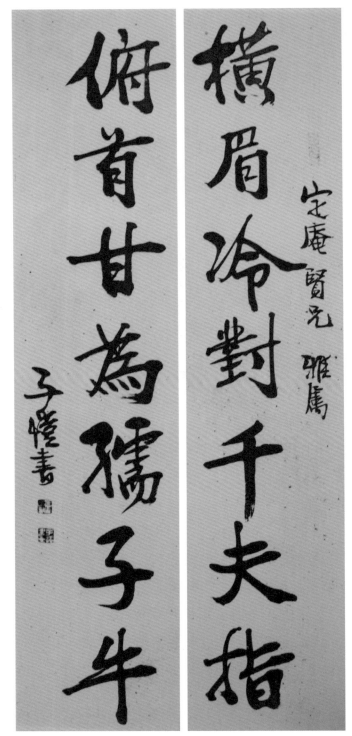

横眉冷對千夫指

俯首甘爲孺子牛

定庵賢兄 雅屬

子愷書

丰子恺作品

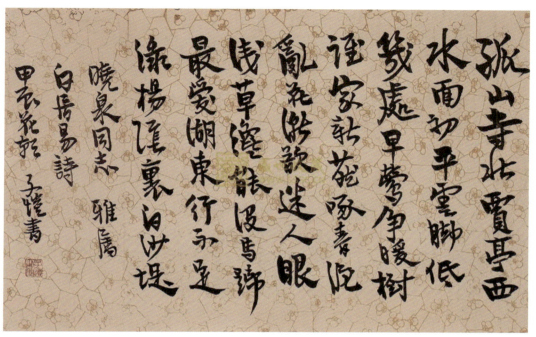

丰子恺作品

张大千

天府边陲一农民，娶得聪慧贤夫人。

中馈之余描丹青，聊资升斗可救贫。

才女诞育聪明子，所生个个皆麒麟。

从商学医且休论，继承家学有两人。

二兄画虎称大师，八弟山水绝等伦。

双双飞向艺坛端，兄弟蜚声中外闻。

若非母系遗传好，然何灵秀钟一门？

八弟大千本名爰，善临石涛可乱真。

鸣沙山中曾面壁，千年壁画擅仿临。

从此笔下辟蹊径，积世埋藏乍觉新。

徐氏悲鸿信口许，"五百年中第一人"。

文物有无损坏处，至今聚讼仍纷纭。

自从走出国门去，踵下便有青云攒。

"南张北溥"作铺垫，"东张西毕"捧上天。

所书拙厚固挺健，自成一体号"大千"。

人称书被画名掩，我道书借画名煽。

土匪师爷自胜任，国军司书有馀闲。

作画题款还相配，单独作书无可观。

拍卖价码真价值，两事未可一例看！

天府遥遥一出世

張大千

【赘语】

中国艺坛产生张大千，是一个传奇！

他的母亲，作为四川穷乡僻壤的一个农妇，能描画丹青，并且卖钱能够糊口，所作必然是匠艺画一路，他受母亲的影响，善于临摹，早年也颇有造假的记录，这都不是偶然的。

据说他十一岁的时候，寄居在伯父家养病，在大门外作画，遇见一个卜卦算命的河南女人，叫他仿画了代表二十种命相的《命相图》，挣了八十个制钱，这是他平生所得的第一笔润笔。我想这河南女人的算卦卖卜是骗人的假本事，她如果真会预测过去未来之事，把这二十多张小图珍藏起来，随着张大千拍卖品价码的几何级数暴涨，这将是多大的一笔财富！而且对这二十四张小图的考证、研究，能出多少学术著作，造就几多的艺术硕士、博士！这二十四张小图能保存的几率当然微乎其微，世上的事成功的几率也和这二十四张小图有某种相似之处。

张大千绘画的成功是有目共睹、不容抹杀的，但从做人上来看，除了对作画非常执着以外，其他方面颇为任性、随意，太不专一，有不少逾矩之处。他可以一时冲动就当了和尚，而临近受具足戒的时候，又可以一走了之，轻易地返俗。有知友举荐当了大学教授，他可以像和尚逃戒一样溜之大吉，比他年长的甚至高一个辈分的文学家、艺术家，多有离婚、再婚之事，虽属生活中的波折，但反映的是近现代的新的一夫一妻制的婚姻家庭观，他老先生却像封建军阀和地方土老财一样，公然娶

了三四房太太。所以他应属于旧的封建时代的范畴，而且在那个范畴里也不是循规蹈矩的封建士大夫，而是风流才子型的人士。至于对敦煌文物有无破坏，至今有揭之者、有辩之者，窃以为真相只有一种，争辩无益。而且只要知道他对既有规则并不太尊重的态度这就够了。

张大千是封建旧艺术的集大成者与终结者。

上世纪中叶出走海外的文学家、艺术家在评论上有被外人拔高的现象，其中也有意识形态的因素。改革开放出口转内销以后，也往往受外界评论的误导，像张爱玲如果不走出去，绝无与巴金、沈从文等大师并列的可能。同样，张大千在国内固然应当有一点地位，但冠绝群伦是不可能的。他写过许多题画诗，没有一首像白石老人那样信手拈来、小中见大、令人怦然心动。没有一首能达到白石老人那样的天真与机趣。俗话说："跑了的是大鱼。"其实跑了的也不都是大鱼！

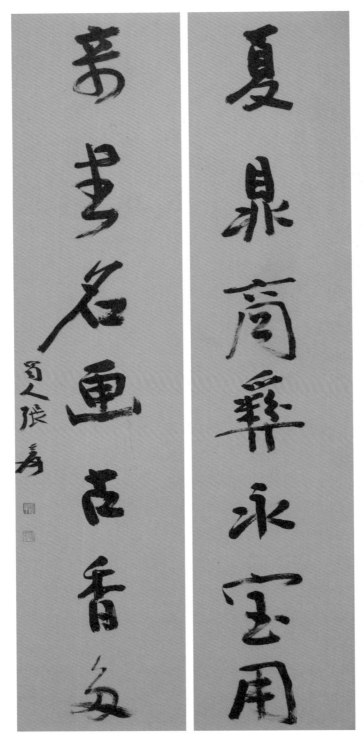

张大千作品

张大千

无戏百年真可惜

留君一醉慰如何

录闲月呆张于湖华稼轩句书于沱水邨居

大千居士张爰

张大千作品

83

朱复戡

朱公复戡事甚奇，出身官宦旧门第。

辛亥元老是发小，前清翰林启蒙师。

七岁上海便卖字，润格昌老二之一。

缶翁呼为"小畏友"，"七龄神童"自刻题。

庆贺落成"大世界"，当众挥毫年十七。

十八岁入题襟馆，年甫弱冠出印集。

结识寒叟张美翊，为学为人受教益。

《说文》问难章太炎，"骉"字原训马步疾。

纠正戏文有倒字，余叔岩称"一字师"。

青帮属于"大"字辈，洪门位居"五红旗"。

万元大洋买豪车，迎亲借予蒋介石。

考试院简秘书长，却聘如同弃敝屣。

各行风头都出尽，春风得意跃马蹄。

抗日时期离上海，从此声名暂沉寂。

"反右"前夕来山东，从容礼遇如"客卿"。

晴岚凝坐齐州烟，雨霁闲观泰山松。

时代潮流任汹涌，不在斗争漩涡中。

三年饥饿享特需，"文革"也未入牛棚，

愚不可及宁武子，留得大山依旧青。

终到海宴河清日，馀勇迈向新征程。

晚年辉煌十馀载，攀上艺术之巅峰。

海上旧雨才知道，沉潜多年露峥嵘。

三十年前朱义方，为今改署新笔名。

【赞语】

朱复戡先生年轻时在上海风头十足。除诗中已述及的事迹以外，还有和袁世凯的二公子拜过把兄弟，为后来曾任国民政府主席的谭延闿刻了一方名印，谭把一长方满血的鸡血石剖取一半相赠，他年轻时长得英俊。青帮大佬李征五设宴专请他和梅兰芳二人，认为他们两个是天下最美的美男子，而且朱在阳刚之气上还胜梅一筹。他除了玩豪车以外，还玩手枪，是一把银质装潢的勃朗宁。他参加过上海交易所的活动，和国民党元老张静江、陈其美，乃至蒋介石都有交集……

以他复杂的社会关系，加以他锋芒毕露的性格脾气，如果留在上海，五十年代至六十年代初的历次政治运动，他是很难幸免的。天缘凑巧，山东省向上海借调美术工作者设计工业展览，因此他来到了山东。山东省的领导舒同、余修等都是文化人，对他予以保护，更主要的在全新的生活环境里没有恩怨纠葛，竟使他平平安安地度过了那个不平常的年代！甚至"文革"期间他受的冲击也是相对较少的。在那样的时代损失一些藏品，或者经济上的拮据都是不值一提的。古代有所谓"福将"的提法，指运气好，所至如意的将领，连寇准都说过："古人有云，智将不如福将。"确实战争形势瞬息万变，而且信息不对称，将领的谋略有时抵不过运气。朱老的一生也算难得的运气。

也幸亏他的运气，为中国的书法史创造了一位大师。他也是诗、书、

画、印四项俱全的艺术巨匠，平心而论，他的诗不算好，比起上一代的三位重镇人物来，比不上吴昌老的沉郁苍凉，比不上黄宾老的雄浑高古，比不上白石老人的轻灵机趣。但在书、画、印方面并不逊色，某些方面更骎骎乎过之，尤其是晚年补齐泰山刻石，设计铸造青铜器复兴青铜文化，都是艺术史上浓墨重彩的大事件。说他是三位前辈大师以后的龙头老大，一点都不为过。

提起朱复戡，不能不提的是蹇叟张美翊。张在当时虽被称为"浙江三杰"之一，也是书法史上有名的人物，但是字写得不是很好，最起码我们看他写给朱复戡的许多手札，字迹没有神采，而且稍涉俗滥，但他对朱复戡为学为人方面的教诲是非常有益的，尤其值得称道的是他为中国当代艺术培养、提携了两位大师级人物，除了朱复戡以外，还有一位是沙孟海，所以说张美翊对中国美术、书法的贡献是巨大的。

朱复戡作品

魏武帝四子陳思王植字子建封東阿尋徙陳
聰慧博學才思敏捷文采清奇等多傲物每
盃忌之疑有異謀召入以七步成章逼之植一噉
而就曰煮豆燃豆箕豆在釜中泣本是同根生相
煎何太急豆為戲動錫鏤寶玉枕遺還初植多
美姬盃尊之封宓妃陰行留枕杵念為盃所得
惡之妃憤沈於海水追封洛神植受枕悲不自
滕過洛祭之裒鬱咸庚太和中薨於東阿葬魚
山卒四十有一建國四十年戊辰涼稱當地人民重
為立碑 江南朱復戡撰文書丹並篆額

朱复戡作品

89

梁实秋

民族解放鏖战酣，北碚雅舍飘茶烟。

往来清谈皆鸿儒，妙文佳构正联翩。

道不相同不为谋，文学史上姓字勾。

只为赐封"乏走狗"，才使大名满宇宙。

自从改革敞开窗，闻见雅舍饮馔香。

身边琐事争效仿，小品之风大发扬。

殊不知，青史累累垂业绩，先生乃是大手笔。

编撰英国文学史，莎士比亚译全集。

如椽大笔冠群伦，岂止区区小品文。

《槐园梦忆》伉俪深，忘年之恋动人心。

不恤人言行我素，先生也是性情人。

近闻一则颇讶异，书法拍卖见名字。

学术背景及事业，给人印象洋博士。

居然也写毛笔字，咄咄竟有此怪事。

资料爬梳网上查，方知书法也应属名家。

落落众星列河汉，纤纤初月挂山崖。

姿态妩媚似美男，玉树临风韵致佳。

掷果盈车不足数，轻衫侧帽拟不差。

七十年前已著文，书法前途萦君心。

堪叹前人有先见，令我一唱三沉吟。

氏族解放摩戰酣
小碟雜舀飄茶烟
往求陘諸儒皆游儒
妙文佳構互聯翩
道正如同不為謀
文學史上好字句
二為賜壽公之狗
士俟大名侉宇宙
自浼改革戲甲宦
了見雅舍飲饌真
身□瑣璅事敦仿
小品之及大農揚
殘不忘書史即之垂業績
先生乃是史界大手筆

編撰美國文學史
旨志亞評全集
如檣大學竟要編
豈止區區小品文
枕園夢憶依風韻
先辈云云動人心
不怕人言□□苟
士俟指文見名字圖□
近仰一則語言妥
嘗蕭□□風韻
□□□也是帕□人
學術□□□□□
結人面面
居然如富□□字
哈哈□了□煋悍而
資料爬梳網上查
□左□世而名宇字

【赘语】

"丧家的、资本家的乏走狗"，鲁迅先生这句骂，真是穷形尽相，精彩之极。可也正是因为这句著名的骂，我们才知道有梁实秋这个人。

俗话说：骂人没好口，打人无好手。上世纪三十年代这两位老夫子的论战，对我们这代人已经很隔膜了。资料俱在，我从来没认真读过。但能想象得到，凭梁实秋的文笔，必然也是很尖刻的，不然也不会惹老先生动这么大肝火。

比起鲁迅先生来，当时梁实秋是年轻人，也可以说是晚辈。据说论战当时，梁实秋没有失口的地方。尤其是他比老先生晚死了几乎五十年。自鲁迅死后，梁实秋绝口不提当年论战之事，就像并没有发生过此事一样，这是他厚道的地方。

梁实秋是一个留过洋，回国以后又以教授西洋文学为事业的人，但在他私人生活的空间里，非常中国，非常传统。他雅舍谈吃的小品文，就是一份传承中国饮馔文化的宝贵资料。单以书法方面而论，以前没有注意过，其实他在四十年代初就已经为"书法的前途"操心了。当时书法的危机才刚露端倪，书法并未脱离实用，我曾在徐州淮海战役纪念馆见过一份解放军某部向上级指挥机关请示的公文，竟是恭笔誊清的小楷书。毛主席在戎马倥偬之际，一切公私文牍一律用毛笔。在民间，用毛笔书写，恐怕更普遍。梁实秋一叶知秋地很早就感知了书法的危机，而且开出的药方与后来的事实如出一辙。他说："我觉得我们更应该有意的把书法当作一种艺术来看待。""我们以后要改变一下态度，要把书法当作一种艺术去培

养。"这是真的出路,这个出路他在当时就看到了。

他论述书法的文字不多,寥寥两三篇。这次我都找来读了,说得当行、到位。上代文化人的知识结构,不是我们所能管窥蠡测的。所以我们常说弘扬传统文化,不一定张口三皇五帝,或先秦诸子百家,就连往上数一代,民国学者这些文人的传统,就够我们接续好大一阵子的。

因为兴趣所向,我读完了他的《槐园梦忆》,把对亡妻的感情写得缠绵悱恻,但发表此文仅仅一年时间,他又以七十多岁高龄陷入了一场新的缠绵悱恻的热恋之中。由此我想起来清人纳兰容若的一句词:"等闲变却故人心,却道故心人易变。"当然他的夫人程季淑女士是死了,并不存在词中上一句"何事秋风悲画扇"的情况。此事于理于法于新旧道德都是无懈可击的。只是对他心态调整的迅速,有些跟不上,有些瞠目结舌。

南宋刘义庆《世说新语》有关于文学家潘安的记载,云"潘岳妙有姿容,好神情。"刘孝标注引《语林》说:"安仁至美,每行,老妪以果掷之满车。"据说潘岳(潘安)有美好的容貌和优雅的神态风度。年轻时夹着弹弓走在洛阳大街上,遇到他的妇女无不手拉手地一同围住他。他驾车走在街上,连老妇人都为之着迷,用水果往潘安的车里丢,以致于"掷果盈车",把车都装满了。

唐令狐德棻《周书》载有北周将领独孤信的故事,说他"美容仪,善骑射。""好自修饰,服章有殊于众。""驰马入城,其帽微侧。"民众都学他"轻衫侧帽"的样子。

潘安与独孤信都是美男子的典型,莫非梁实秋也有此偶傥?

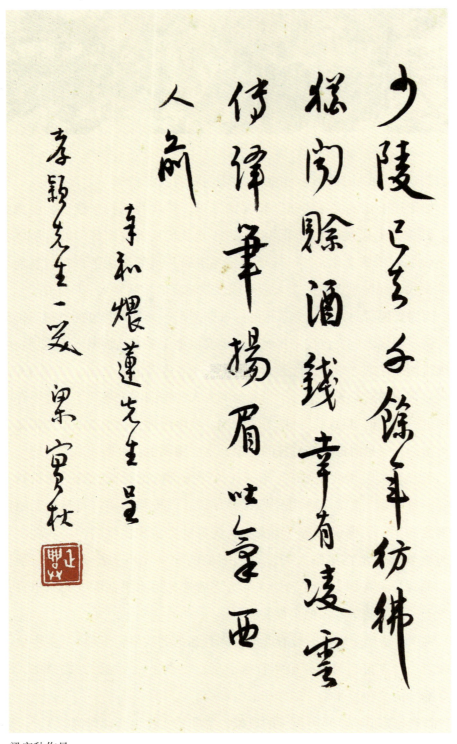

梁实秋作品

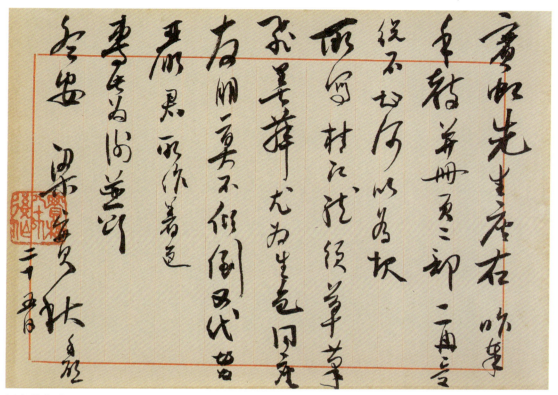

实甫先生座右　咏年
手稿并册页三种一再读
俊不能书存以为状
而句枝石沈俊草草
殊美薪尤为先生回产
右用一美不够倒及代告
弟累累而作著道
李君为渊善河
台安
　　梁实秋　二十五日

梁实秋作品

胡兰成

饮茶友人轩，佳幅乃获观。

友人按题款，命我说观感。

婷婷廿四字，才情溢笔端。

青涩小周后，划袜香阶前。

却把青梅嗅，清照值笄年。

佳人误约期，迟来步姗姗。

颜赧兼嗔娇，令人不忍谴。

婢学夫人样，古人已有言。

此处无贬义，羞怯可人怜。

我心实爱之，欲求真迹观。

问询作者谁，主人笑不言。

民国才子行，请君试猜看。

既非秦瘦鸥，亦非吴湖帆。

未闻张恨水，也曾弄墨翰。

试从入手处，探寻其渊源。

不胜罗绮重，依稀褚河南。

南宋杨无咎，十跋咏梅仙。

不唯面貌似，神韵总一般。

任你千百猜，辗转不着边。

笑掰友人手。题款赫然见。

跌破眼镜处，胡兰成一奸！

乍看惜不置，细想又释然。

事出常理外，何事不可叹？

历史复杂性，于此见一斑。

饮茶古人轩佳帖乃穆又观
古人拙题气象甚淡观
感慨婷婷廿四字士惜涟
弟妇弄了邑小闺房
划袜更阶方却起书
掩喚佳坊值笋手
佳人玲珑胡适求步珊珊
额郝兼端娇令人不
忍睹辉学古人样古人
已言在国手子巧诸
果试桂身既非妻疲
鸥亦邪堂湖帆事外
悦水地苗异墨翁

试岂一手变挹吾吾渊源
不终碎骈壶伍稽祜
河南
古喻梅仙不惟西叙如
神韵弱一
遥唤辞古人
转辞不着
弄书致荻拉见
趺破田州一妍
胡兰成一妍
作者情不可直
细析又释延
事出岂外
可叹不可叹
历史更复杂
变幻比兄一
斑

【赘语】

胡氏此幅北碑体楷书，写的是《诗·大雅·卷阿》的第九小节六句，廿四字。不仅此幅，此后所见他的所有作品，都令人产生羞涩少女的联想。所以我自然地想到了李煜的菩萨蛮："花明月暗笼轻雾，今宵好向郎边去。刬袜步香阶，手提金缕鞋。画堂南畔见，一向偎人颤。奴为出来难，教君恣意怜。"描写当时还是他小姨子的小周皇后的娇羞模样。同时也想起了李清照的点绛唇："蹴罢秋千，起来慵整纤纤手。露浓花瘦，薄汗轻衣透。见客入来，袜刬金钗溜。和羞走，倚门回首，却把青梅嗅。"描摹自己少女时代的憨态。

胡兰成，就算作为一个恶人，也只能是个小奸小恶。论官位、行事，上不了历史；论诗文书画，也难以在文化史、艺术史上留下名字。比他才情更高、成就更大的人，被历史掩埋尘封的不知凡几，而他所以还能被人时常提起，得益于他的另一个身份——张爱玲前夫。即便如此，充其量他也不过是一个龙门阵中的偏裨小校而已。而他被人鄙薄，遭人诟病的也多是因此而起。

他为什么那么有女人缘，为什么所到之处都能赢得那么多优秀女人的芳心，为什么被他始乱终弃后仍然无怨无悔？隔着半个多世纪，我们无法想象他的神采韵致，他的倜傥风流！

杨雄《法言·问神》说："言，心声也；书，心画也。"《旧唐书·柳公权传》："用笔在心，心正则笔正。"刘熙载《艺概》说："书，如也。如其学，如其才，如其志，总之曰如其人而已。"这当然

都是不刊之论，例证举不胜举。可以说每个人的书法作品，都能从正面证明这些道理。但是，历史上也不乏例外，蔡京、蔡卞、秦桧、严嵩都是众所周知的例子。到了近现代，又出了胡兰成这个无行小人，如果他的品行下流一定要在其书法中有所表现的话，那么汪精卫、郑孝胥的字应当写成一个什么样子？还有旧时代那些恶劣的军阀，有的不也附庸风雅地写上几笔，并且也有极少数颇为不俗的表现吗？他们的书法作品怎样才能"如"他们的凶恶残暴、草菅人命、自私贪婪、毫无廉耻和有奶就是娘？所以古人把书品和人品联系起来，劝惩的用意可以理解，但有时确乎是当不得真，更不可以牵强附会，胶柱鼓瑟！

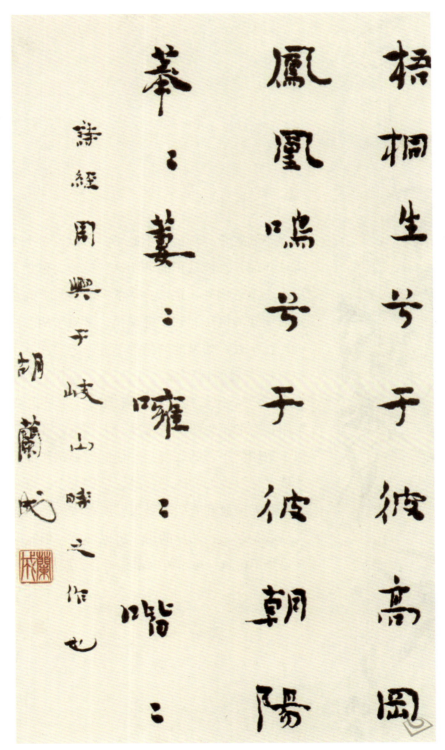

梧桐生兮于彼高冈
鳳凰鳴兮于彼朝陽
菶菶萋萋 雝雝喈喈

詩經周興于岐山時之作也

胡蘭成

胡兰成作品

100

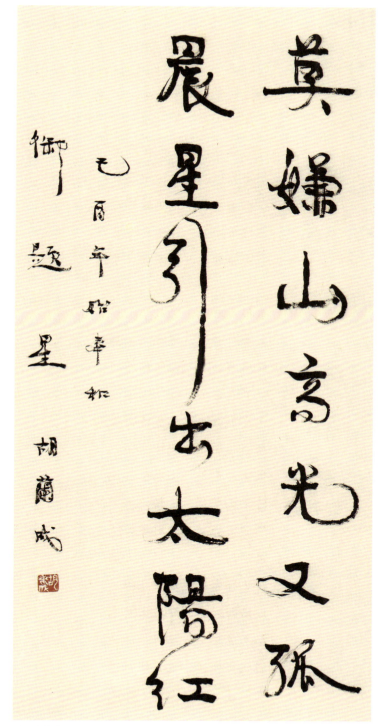

胡兰成

夫妇山高光又孤
晨星引出太阳红

己酉午船奉和

御题星

胡兰成

胡兰成作品

101

文怀沙

尺幅见五体，篆隶楷行草。

古朴而拙重，突兀蹲鸷鸟。

借问谁为此？文氏怀沙老。

复问曷为此？曰从中郎教。

临池濡毫前，先要散怀抱。

恣情而任性，神闲意境邈。

书法非专攻，写字如玩票。

莫讥野路子，顺眼便是好。

当年书坛中，沈氏擎大纛。

文老所书字，得悬沈堂奥。

或问书如何？评骘确而巧！

"不是书法家，所以俗气少！"

少负不羁才，立年译离骚。

抽绎非翻译，领袖两字褒。

生逢文革年，忧患已尝饱。

待至耄耋日，松柏知后凋。

华颠矍铄立，胸前美髯飘。

讲学到处飞，吟诵遵古调。

霭然有古风，屈子还魂了？

妙语如连珠，警句出意表。

怒骂成文章，嬉笑斥薄浇。

当代文化界，风景线一道。

电视镜头上，无他不热闹。

老硕童心态，宜其得寿考！

大幅见字体笔意楷行草
古朴而挺秀突兀跨气鹜鸟
园偏以准每造文氏帖的老
苍口屈为此日困送中郎郡
暗地溽蒙蓊郁发霭孜怀
抱怨性而行慎初寒意忘境
邈古任郊考攻窗字如玖雲
垂讯壁谁子顺顺便云了（义）
出曲毫玉坛中平数擎大
春喿文克而玉字浑懋沉堂
奥成可书如身评阶陌确而可
不虽世忙字所以似云少

少负不羁寸立志译离骚
抽绎和翰词敛袖古字褒
生逾文华年爱建已常
饱待至毫老亳的松柏君
後涧莘颜朋售镓豆脑子
莫髻飘满学到未毛
吟调古调罗牲是古同
庭子言魂了
驾勾出意春怒唱成文章
姊快任蔗陵当代文化界
凡章绿一弓弓吾视镜照上齐
地不担甫克须言灵乃寿哉
宣其肩为寿哉

【赞语】

文怀沙年纪老，资格也不嫩。抗日战争时期他就活跃在文化界，与柳亚子、郭沫若、吴祖光、沈尹默这些顶级的文化人有交往，有诗词赠答，钱钟书先生做学问很投入，所以不喜交际，夫妻两个都唯独与他关系不错，还开些玩笑。钱先生心高气傲，他老人家夸过谁？却在文老的画像上题词，给予高度评价。

文怀沙学术上的成就大都是中年以前作出的，屈原作品他只剩下《天问》没有译成白话。毛主席曾与沈尹默谈论对比郭沫若和文怀沙的《离骚》今译，他说郭老是"翻译"，而文怀沙是"抽绎"，意思是郭沫若的长处是学术上的准确性，文怀沙的长处是体现屈原精神感情的艺术性，两人各有千秋，并没有厚此薄彼之意。

文怀沙作为编辑家，主要的学术著作也是那时编成的，俞平伯《红楼梦研究》、周汝昌《红楼梦新证》以及俞平伯辑录的《脂砚斋红楼梦辑评》三部著作可以说是新红学的奠基之作，这三部书都是文怀沙在五十年代编发的，并且都应作者的要求写了序或跋。"三言二拍"中的"二拍"在国内早已绝版，华北大学的老教授王古鲁先生早年在日本帝国大学讲学时，发现在日本"内阁文库"和日光轮王寺保存着许多我国古代的奇书异本，他在日本友人帮助下，一张一张地摄影拍照，好几个月拍得七八千张胶卷。内中便有《初刻拍案惊奇》和《二刻拍案惊奇》共1945页。王古鲁教授晚年把这些胶片交给文怀沙，使"二刻"得以出版，王教授又把应得稿费的大部分交给文怀沙，请他转给为得到这些绝

版书帮助过他的日本友人青木正儿教授。在当时日中没有正式邦交的情况下，文氏又几经周折，把这些钱寄到隐居乡野穷困潦倒的青木正儿手中。垂老的青木收到这笔钱时涕泪满襟，回信并附上他隐居的照片，请文氏转交郭沫若和欧阳予倩……这一切，既是现代学林佳话，也是应当载入学术史的史料。

改革开放以来，他到处上镜头，成了公众人物，甚至有些像娱乐明星了，乃至有些人感到不适应了，其实这有什么不好？离休了，本来该休息享清福了，同年龄的人大多成了古人，只有他们少数几个硕果仅存的，本人有那份好心情和充足的精力，从事一些文化活动，传播的是传统文化，宏扬的是传统道德，产生的是正能量。总比隔着深深的代沟，这也看不惯，那也不满意，牢骚满腹，说三道四好吧？这样的老人多有几个才好！

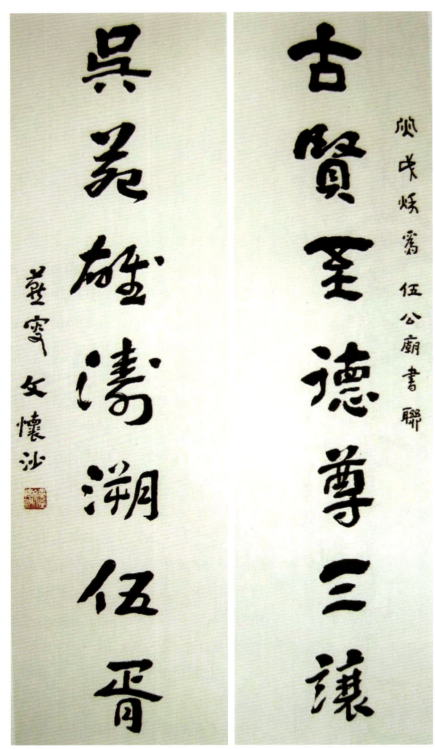

古賢至德尊三讓
吳苑雄濤溯伍胥

伧戊烆翕伍公廟書聯

蟄雯文懷沙

文怀沙作品

余久不作草，遇菜公捋，方丹贤契，今日为余索书甚多，勉日胡挥，此葆山胜集也，被催朱墨未浓也知为大方之家所哂

岁次坡公化去壁赋之年立冬前三日

文怀沙

文怀沙作品

启功

贵族庶人集一身，亦庄亦谐见精神。

天潢贵胄等闲看，自居京城一平民。

品高学富两得兼，平生专擅有多端。

书法原来是馀事，大字报中得锻炼，半是调侃半自谦！

先生伯乐是陈垣，感恩到老心拳拳。

捐赀百万建基金，一生饮水不忘源。

不师刀刻只师笔，典雅纯正有真趣。

意不涩兮笔不涩，平和从众不是俗。

从来技道本相通，进于道必先由技。

转益多师勤习练，此是百尺楼台第一级。

《破除迷信》有著论，皆言书法不神秘。

古代书论灵活看，世俗成见勿拘泥。

流水到处渠自成，合乎宇宙大道理，"百姓日用而不知"。

功夫下透即天成，刚柔并济意雍容。

淡泊之中有至味，简古之中发纤秾。

二王一脉有真传，吴兴香光一径通。

先生行为世人则，书法亦成百代宗！

贵族庶人集一万 無莊 三諧見性神
天皇貴胄寸闲者自各京城一本也
品高筆富古豫董率生專擅之
多姿也此原未是餘有大宗抓
中間鍛煉甘是調侃寸自谦
先生伯樂品扬風思到書此
拳，捐賛百事共死達墨令
一生飲水不怠原不阶
刀刻之阶異典雅純正
里古趣不滑尾寸枝
兮等不逕丰知滑
忍不滑伤俗滑
逗本和石
迫旅送必先中枝輕
益多阶勤死傳此口号
石又楷堂第二組破除

迫临是姿浸皆凡古世此
不神秘古代亡此毫率活
君岁份世出見场拓汰
刻字樂為成
合手字宕古逆
石怀日用而不忘
功夫不遂即天成
剛繁華陈意雍容
淡泊之中里盡味简古
元大数纤秋三二一脉
苍老一隽传室無香兮
一行遗先生乃為世人別
也此亦成石代

郁述启功先生
十月初三

宗

【赘语】

　　提起启功先生，我们最先想到的，不是书协主席，不是北师大教授，也不是这专家、那专家，而是一个谦和的长者，一个慈祥的老人。他的字写得中正、平和，人也是那么中正、平和。他的存在是我国当代文化界一道别致的风景线。他这种性格的形成，是他身上存留的贵族气质和老北京市民生活融合的产物。从他开始，我们又想起了溥心畬先生、溥杰先生、老舍先生夫妇，以及众多的满族文学家、艺术家。从他们身上我们看到有清一代近三百年来满族民族性的变迁。从一开始弯弓盘马的民族入主中原之后，是怎样变成一个吟诗、绘画、品酒、点茶，富有艺术气质的、彬彬有礼的民族，而且在民族大家庭中，国家和民族的认同感也是足称楷模的。

　　从书法史的长河中看启功先生书法，可以看出有明显的流派风格，但他本人没有门户之见，他著名的比喻，把碑派和帖派比作饮茶和饮酒。可以在一个人身上表现出来。这从当年许多碑帖兼擅的书法家中得到证明。他对包世臣持基本肯定态度，但对康有为颇不以为然，例如他说："《艺舟双楫》本来是分成两部分，一部分讲的是做文章，一部分讲的是写字，所以叫双楫……《广艺舟双楫》光广大书法部分，他没论到文章，这样子呢，应叫《艺舟单楫》。"书名都欠斟酌，这调侃真是刺中了康的软肋。他还说："他的文辞

流畅的很，离实用却远得很。他随便指，一看这个碑写的有点像那个，他就说
这个出于那个，太可笑了。"对康氏的极端和偏激，世人有目共睹。古代传奇有
《乔太守乱点鸳鸯谱》，康圣人在他的大著中可说是"乱续基因谱"，确实可
笑。但是启功先生的论述点到为止，没有任何的贬损之词。

　　启功先生离去好多年了，大家仍然在怀念他。但是笔者也听到了一些贬
损他的声音，而且这种声音，不是出于现代书风的书家、先锋派的书家，而是
出在与先生书风相近的人，受过先生提携的人，这不能不令人慨叹人心不古。
如果说想代替先生在书法史上的地位，只怕还差得远。不会如此不自量吧？
由此我想起了杜甫有名的那首绝句，在此不引也罢！

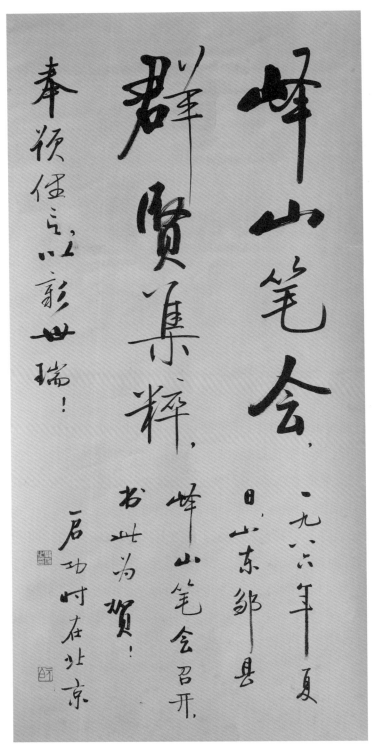

峰山笔会，一九六六年夏日，山东邹县

群贤集粹，峰山笔会召开，书此为贺！

奉颖任兄以彰世瑞！ 启功时在北京

启功作品

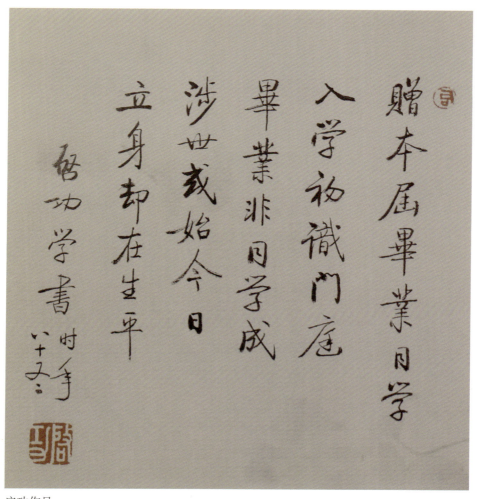

赠本届毕业同学

入学初识门庭

毕业非同学成

涉世或始今日

立身却在生平

启功学书时年八十又二

启功作品

冯其庸

一手才子字，姿媚实堪夸。

笔笔有灵气，字字皆峻拔。

青青园中韭，蓬勃上林花。

太湖洒春雨，雪山披早霞。

绰约射姑仙，御风裾袂斜。

借问谁为者？冯乃锡世家。

名迟实非迟，姓字早发达。

所与交往者，前辈皆大家。

梅花朱屺瞻，共作一幅画。

海粟为师长，画作加题跋。

硕学饶宗颐，远途相赠答。

画界露头角，考古事堪嘉。

玄奘归国路，天山屡勘踏。

看尽龟兹山，五岳不须讶。

学术大贡献，举世共嗟呀！

梅村埋骨处，荒圮沉泥沙。

寻访又重修，踵事而增华。

诗客来凭吊，仿作共唉喋。

循此多努力，稳居象牙塔。

抄《红》犹自可，研《红》做什么？

好人上贼船，翻作船老大。

三复不可说，此公被误煞！

【赘语】

　　我最早见到冯其庸的名字，是一个"红学家"，一个研究《红楼梦》的权威的名字。他的最耀眼的头衔是《红楼梦学刊》的主编，对他其他方面的建树则一无所知。这种情况不仅我一人，恐怕很多圈子外的人和我一样，最起码对他书、画、文化考古等方面成绩，不像"红学"方面名声那么震耳欲聋。

　　其实完全不是这样，他研究《红楼梦》是半路出家，艺术和学术方面倒是早有成就。抗战胜利前后至共和国建立之初，他已在绘画书法方面崭露头角。许多前辈名家与他交往，除诗句中提到的外，还有王蘧常、白蕉、谢稚柳、陈定生等等，许多都是在某一艺术方面代表一个时代的人物，由此可见他的影响。

　　"文革"时他已经五十岁，虽被打成了"反动学术权威"，看来也不是主要的斗争对象，在那种时代，他无所事事，竟用了一年多的时间，用小楷抄写了一整部《红楼梦》的"庚辰本"，由此一事把他拉入"红学"的队伍，并很快成为了领军的人物。或许在别人（也可能包括他本人）看来，对他的这一转向（即便不说是转向吧，也是扩展了一个新的学术领域）觉得收获颇丰，但明眼人看来，此事得不偿失。

　　"红学"是一滩浑水，洁身自好的人踏它干什么？

　　《红楼梦》研究什么？它的主旨人家作者自己说的明白："我之罪固不免，然闺阁中本自历历有人，万不可因我之不肖，自护己短，一并使其泯灭也……又何妨用假语村言，敷衍出一段故事来，亦可使闺阁昭传……"可谓倾箱倒箧，说得清清楚楚，你们偏不信人家自己说的，却另外去钻牛角尖，什么意思！

　　这且不说，上世纪1954年又出了两个霸道的年轻人，强词夺理占据了红研

界的主流地位，原来红学界如鲁迅先生所说："经学家看见《易》，道学家看见淫，才子看见缠绵，革命家看见排满，流言家看见宫闱密事……"虽属穿凿，倒也有趣。他们一出便什么都不准看了，只许看见阶级斗争。而且不能自圆其说，譬如他所说贾家的败落揭示了封建社会必然败落消亡的历史规律，他们要是会查《历史纪元表》的话，不妨查一查，贾家"鲜花着锦，烈火烹油"在康熙朝，抄家败落在雍正朝。贾家败落了，封建社会并没败落，反而跟上来半个多世纪的"乾隆盛世"，他们的推断是错误的。如果预示后来的消亡，难道《红楼梦》是西方的《大预言》，中国的《推背图》、《烧饼歌》？一塌糊涂，越发地不知所云！更加一些对学术上不同看法所采取的非学术手段，弄得红学界乌烟瘴气，叫外人看着好像"洪洞县里没好人"似的。

平心而论，冯其庸先生的"红学"研究还算不失中道，但在那是非之地，也落了许多口实。不论他本人态度如何，明眼人为他的误入歧途而惋惜不置！

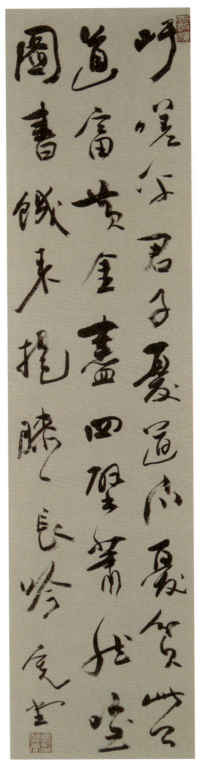

冯其庸作品

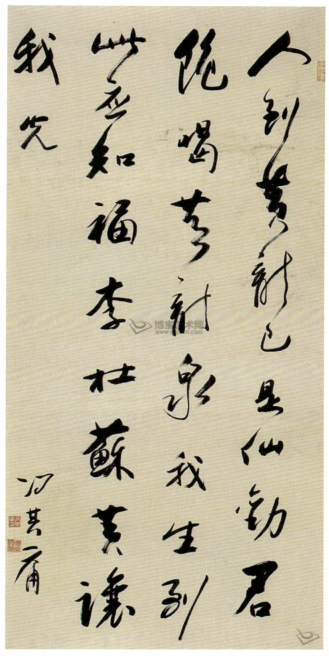

人到万难须放胆，

悦喝万难须放胆，我生到

凹怎知福李杜苏黄谑

我笑

冯其庸

冯其庸作品

王学仲

邹城五山有刻经，五山绵延路不平。

访碑少年王学仲，顶寒冒暑策蹇行。

从来造化不负我，功夫到处法书成！

苍龙探海天矫势，老树突兀攀葛藤。

不落凡俗之蹊径，赢得艺坛"三怪"名。

早年受知徐悲鸿，赠号呼延夜泊生。

不知当时何取意，泊船姑苏夜闻钟？

或是秦淮酒家近，玉树清歌飘后庭？

能入一代名流眼，可见意气风发情。

徐公眼力果然真，星移斗转见碕嵚。

理论成果发宏文，皆是学术之奇珍。

儒释道家三风辨，碑帖经书三派分。

学术思潮东移论，高论不刊悬苍旻。

"三论一记"垂百世，继承绝学第一人。

君居滕州我邹城，滕州邹城百里程。

传薪津门四十载，堪称艺坛一代宗。

先生名满天下日，咫尺乡邻与有荣。

故乡也有系船桩，旧地重游不用忙。

共临微山一湖水，同赏微山旧藕塘。

忽闻先生骑鲸去，泪眼湖光两茫茫。

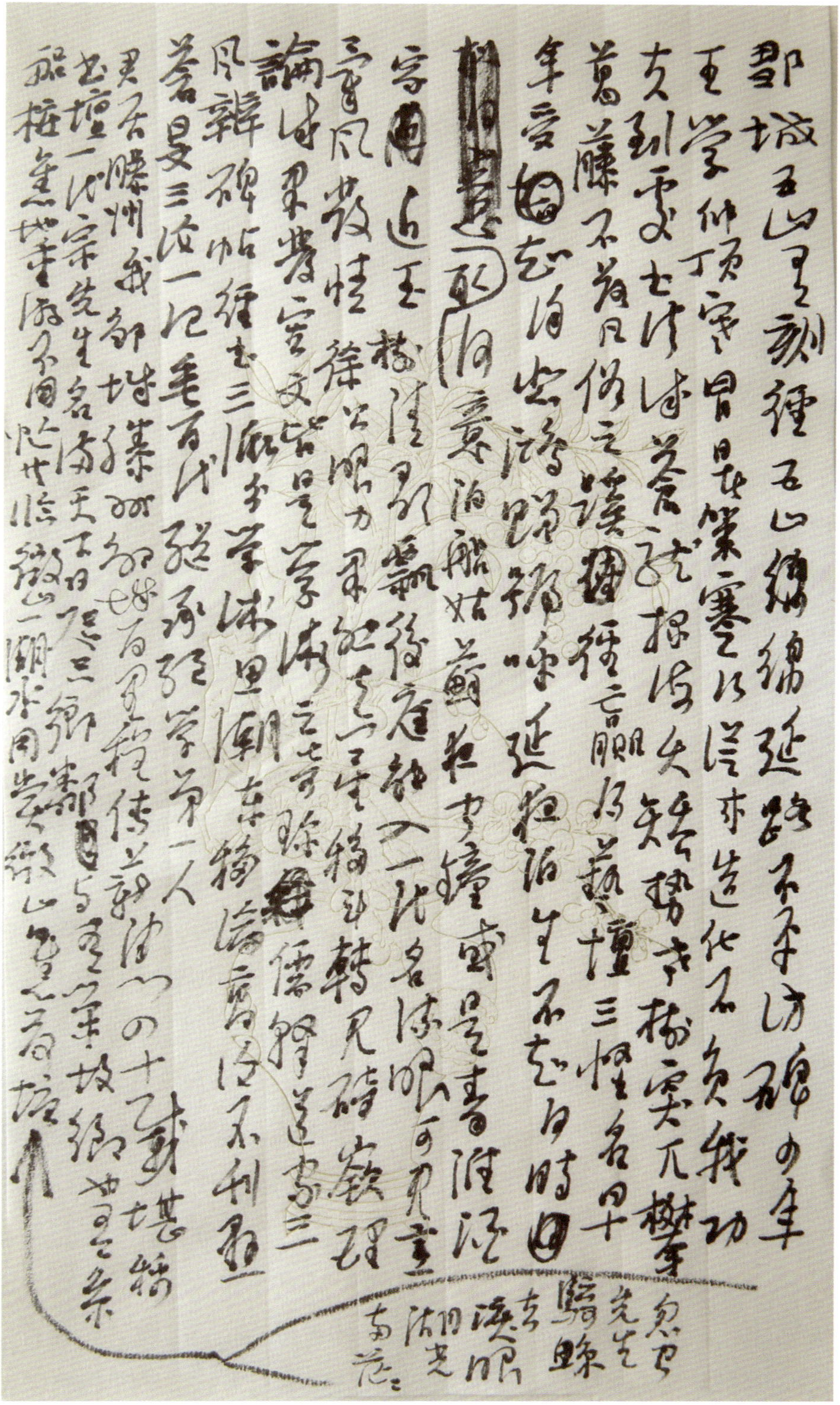

【赞语】

　　王学仲先生入读北平艺术专科学校之前，曾在他的家乡滕县书院小学当了半年的小学教员，这一点许多介绍王学仲先生生平的文章都不大注意，有的根本就不曾涉及，在他当小学教员期间，有一个学生名叫郭煜，后来成为邹城市文物局的一位年高有德的老同志，郭煜老人晚年一直与他这位老师保持着联系，手里收藏着王学仲先生大大小小的许多幅墨宝。我们也从郭煜老人那里对学仲先生有了更多的了解，当然他们晚年地位悬殊，王学仲先生是名满天下的大艺术家，郭煜老人只是一个普通的退休职工，从他们的交往中可以看出王学仲先生平等待人，不忘故旧，敦重友情的品格。

　　我们心目中的王学仲先生，不但是卓有成就的大画家、大书法家，也是著作等身的学者、艺术理论家。他的文艺创作和学术著作涉及诗、文、词、楹联、戏曲、小说、绘画、书法、美术等许多艺术门类和学术门类，我们感到他的学问汪洋浩瀚、不可蠡测，尤为难得的是他能写一手中规中矩、不逊古人的骈文和辞赋。

　　上世纪六十年代之初，正当大家饿得眼黑的时候，有一位著名散文作家写了一篇矫情的、闲适的《茶花赋》，也许这位作家这个题目中的"赋"字并没用错，他是当作一种表现方式来用这个"赋"字的，即《诗经》中所谓"赋、比、兴"的"赋"，也就是"赋者，敷陈其事而直言之者也"的"赋"。不料新时期以来，重提传统文化的时候，经过了几乎两代人的断层，许多人不知道表现手法的"赋"，和作为文体的"赋"的区别，竞相效仿，到处写"赋"，刻在石头上，印在煌煌巨著的内封上。一时之间满眼都是"赋"，什么事都用"赋"来表

现，就差乡村中改穿皮鞋的"赤脚医生"，开的治拉肚子的药方没用"赋"的形式来表现了。其实都是胡诌八扯，无知者无畏！

学仲先生写的是真正的赋，如《狂草赋》，足可媲美《书谱》。他作诗，常常是格律严谨、对仗工稳的律诗，更有时作长篇的古风，填词也填长牌子，都是很需要功力的。他是新旧交替的时代里，传统文化结下的一个硕果，可惜硕果今也不存了，所谓的"国学"，必然被他们这一代人带走了很大一部分内核，剩下了一些皮毛，留给后人显摆，在电台、电视台上吹吹嘘嘘地背书，卖"片儿汤"！

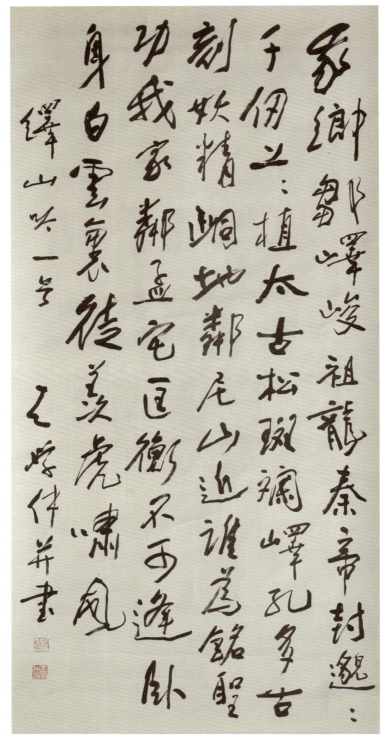

王学仲作品

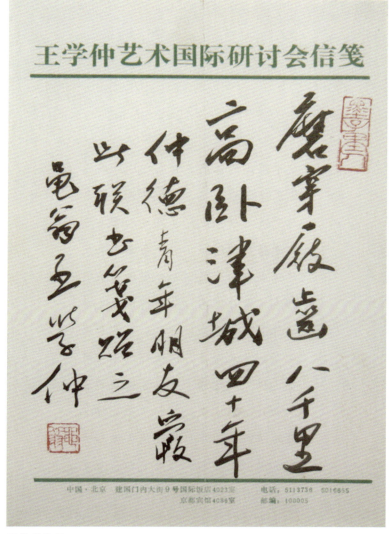

王学仲作品

沈鹏

软水温山好江南，首富之域非浪传。
上层建筑根基厚，文化领先千馀年。
历史进入廿一纪，喜见吴人掌书坛。
沈鹏籍居江阴城，当年白面一书生。
笔锄砚耕六十载，而今矍铄白头翁。
墨池笔塚非容易，一代行草最上乘。
拟作寐叟力未减，方之启翁涩有赢。
右军如龙北海象，何物可比先生风？
狮虎较之少妩媚，鸾凤又嫌忒娇生。
忽如丹顶长空唳，忽如鸿雁天际鸣。
鹰隼搏击从天下，鸽子浅唱爱和平。
烟云满纸无可名，强名之曰行草宗。
与公尝有数面缘，忝列先生理论班。
先生书风我追求，为人更是我典范。
等闲骥尾追随处，瞻仰万仞愧及肩。

沈鵬

軟水淺山是富之壤亦江傳
上原建國業栽垂厚文化傾先
千餘手歷史進一廿一紀並尺
當人尊崇壇沈鵬籍居江陰地
當手白面一生等趣耕耘
二十難而以興樂之然
墨山第博於竊易川景二代取
上乘此痒少力未城方古
庶而澀了高不耳小
海象自物比先生氣獅
屏較之力等眉國又燈可娟婚
生忽如于頂也之分心游移
嗟

天際嗜質筆搏
击洪之下餘
清悦東和千烟世
仿紙之字容名名
三日乃乃面
乃當之最面
孫奉而生神
後班先生也作乎
迎承先為人頁之
典若等承暖居
追原承膽作
菜伊城及屏

【赘语】

沈鹏先生的成就是多方面的。仅就书法一个方面而言，他在理论方面的建树，甚至可以说比他的书法创作更重要。

历史上中国书法的理论文章可以说汗牛充栋。关于技法，关于书法创作的材料，关于书法家的研究和评论，关于书法史学和史料等等，都非常丰富，但书法艺术本体的理论研究却相对缺乏。现代以来，尤其是共和国建立以后，有关于书法艺术本体及书法美学的论述，但对书法艺术的本质属性，仍然缺乏明确的和统一的认识。

电脑的出现和迅速普及，敲击键盘代替了书写，不但毛笔完全退出了实用领域，连硬笔书写也变成可有可无的附带补充。于是对于书法的危机感便产生了：书法还能不能存在下去？书法会不会消亡？虽有人认为书法艺术是一门独立的艺术，失去其实用性以后，仍然能够存在，但底气并不太足。整个社会对这个问题是茫然的。

　　沈鹏先生震聋发聩地提出书法的形式即内容，这就使书法作为独立艺术的品格有了充分的依据。这是他适时对书法艺术理论的创造和发展。书法是抽象的、形式美的。它的独立性在于其抽象性。

　　这就好了！书法消亡不了了，书法家这支人烟了也绝不了了！搞书法的仍然可以有饭吃了！真是"山重水复疑无路，柳岸花香又一村"。当然沈鹏先生理论上的建树，并非此一端，但这是最重要的。他这一理论升华是创造性的，是继往开来的，是为书法开创新时代和新生面的。我认为每个书法人都受恩于他的这一理论建树。

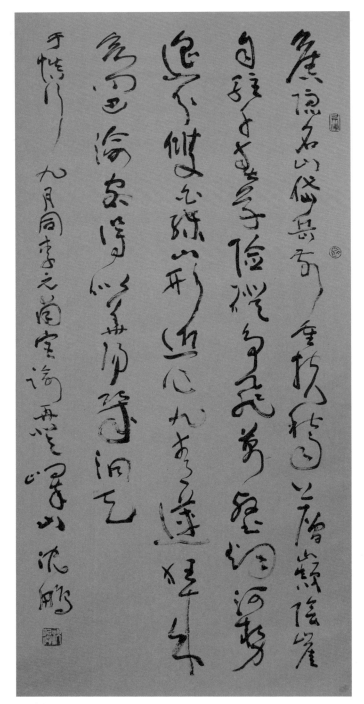

沈鹏作品

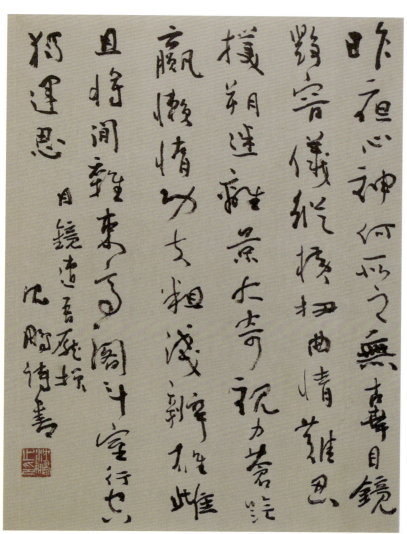

沈鹏作品

曾来德

现代书风领军人，应数来德曾先生。

最现代又最古老，最反传统最传统。

万年皑皑天山雪，千里猎猎大漠风。

楼兰残纸流沙简，民国元勋美髯公。

消化融合为我用，成就艺术新面孔。

片言只语盈尺幅，两丈长卷涅槃经。

非文系列似文字，文字取神忘其形。

写意山水用焦墨，老聃密码在其中。

等闲听取超声波，墨乐旋律贯长虹。

艺术创造虽多样，精神血脉一线通。

辛勤耕耘三十载，筑成艺术之珠峰。

创作实绩万馀件，理论建设有独造。

围追堵截创新法，新奇险绝立新标。

欲塑新我毁旧我，技法纯熟进于道。

所谓书人学者化，不捧不贬等闲瞧。

人格修为有高低，学术素养有厚薄。

人文关怀分浓淡，作品体现最重要。

读书不在多与少，经典如同朗月照。

儒家论语讲人生，《老子》五千论天道。

两部大书读透了，不必电台背《离骚》！

二十年来想风仪，前年京华得亲炙。

绛帐如坐春风里，私淑亲传都是师。

忝列门墙增惭愧，惭愧愚鲁学不力。

先生为我树旗帜，虽不能为向往之。

现代书法经百人……

北京京剧……

【赘语】

　　说实在话我并没有完全读懂曾来德先生。只是就我看到的曾来德先生作品，所读到的曾先生著作，复述一遍我的学习心得而已。所以命题为"诗述"，就是既不敢称"诗评"也不敢称"诗论"的意思。

　　不过仍然有一些小小的体会。首先，我感觉曾来德先生是一个宽厚平和的人，在他的著作中见不到剑拔弩张的批判，他把批判寓于树立之中。譬如聚讼二三百年的南派、北派、碑派、帖派的说法，我越来越感觉这些分法并不准确。书风不能按居住地划分，这是不言而喻的，就如碑、帖之分来说，早期倡导碑学的人，都是科举中人，都说是从帖入碑的。后来的人转益多师，更是免不了互相影响。再从它们的发展来说，帖派由于科举考试的支撑，虽然流于僵化无个性的馆阁体，但毕竟也是流行了近千年时间。碑学兴起以来虽然面貌一新，但是仅仅一二百年的时间，也像是走到了尽头，没有发展的余地了。汉晋简牍、敦煌写经的发现，才又增加了它的表现形式，可把这些新发现的书体归入碑派，实在勉强。曾先生提出了一个新的概念：庙堂书法和民间书法。这是恰中肯綮之论。这是符合书法乃至整个中国文化发展的实际的。

　　中国文化从来就存在着庙堂与民间两个长河，它们的互相影响，互相补充，推动着中国文化的发展。不仅书法方面，思想哲学，文化艺术莫不如是。民间文化中的游民文化更是中国古代政治的主要推动力量。从书法史上来看，中国书体的每次嬗变，都是从民间书法中吸取营养的结果。近现代以来，也是简书和写经体的发现，才突破了碑学的困局。就以曾先生本人来说，也是借鉴大西北民间的书法遗存，才开创了现代书法新面的。从今以后，所谓

碑、帖之说，可以休矣。

其次，从曾先生的创作实践到理论阐述，都浸透了浓重的道家文化。《老子》主张"上善若水"，"水善利万物而不争"，"夫唯不争，故天下莫能与之争。"所以老子学说从整体上来看代表了中国文化的水性即柔性的一面。

按五行学说，水属北方壬癸水，其色黑。就其表面来看，比较难以认可，水是无色透明的，可我们看到的大海是蓝色的，江河湖泊是绿色的，怎么说其色黑呢？水的物质实体不是黑的，但从大化运行的"气"来说，浓重的雨云是不是黑色？浓厚的雾霾要不要用浓淡不同的黑色来体现？而且凡物皆有阴阳，阳的一面水气蒸发，阴的一面水气凝聚，而物体的阴影部分也是暗色的。

曾先生在色彩上特重黑白，其实黑是实的，白是虚的。古代讲"计白当黑"也是以白来衬托黑色的，曾先生的"中国墨"、"墨乐"等等，无疑都暗含了老子学说的密码，从曾先生总的创作倾向上看，固然不乏峻拔，固然有大漠雄风所体现的苍劲，但总体上代表了中国文化温柔敦厚的一面，这尤其从他优美的小楷上体现出来。

曾来德书法无疑将成为中国书法长久的记忆。我想，王羲之在六朝时期仅是书法家群体中一个比较杰出的而已。数百年以后的唐代才确立了他在整个书法史上的地位。曾来德书法开启了一个时代，代表了一个时代，这一点也许要几十年，乃至百年的时间才能渐渐地体现出来。

月出西南露氣秋綺羅河漢在斜溝楊家繡作
駕鴦幔張氏金為翡翠鈎銀燭有光妨宿燕畫
屏無睡待牽牛萬家砧杵三篙水一夕橫塘似
鴛遊曾於青史見遺文今日飄蓬過此墳詞客
有靈應識我霸才無主始憐君石麟埋沒藏
秋草銅雀荒涼對暮雲莫怪臨風倍惆悵
欲將書劍學從軍溫庭筠詩　来德書

曾来德作品

端州石工巧如神踏天磨刀
割紫云佣刓抱水含满唇暗
洒苌弘冷血痕纱帷昼暖
墨花春轻沤漂沫松麝薰
干腻薄重立脚匀数寸光秋无日昏
圆毫促点声静新孔砚宽顽何
之云　李贺杨生青花紫石砚歌　来德

曾来德作品

图书在版编目（ＣＩＰ）数据

近现代书人二十家诗评 / 李檣 著 . -- 上海：上海书店出版社，2017.7

ISBN 978-7-5458-1471-2

Ⅰ . ①近… Ⅱ . ①李… Ⅲ . ①诗歌评论—中国—近现代 Ⅳ . ① I207.22

中国版本图书馆 CIP 数据核字 (2017) 第 119329 号

近现代书人二十家诗评

李檣 著

责任编辑	杨柏伟	
装帧设计	杨钟玮	
技术编辑	吴　放	
美术编辑	汪　昊	
出　版	上海世纪出版股份有限公司上海书店出版社	
发　行	上海世纪出版股份有限公司发行中心	
地　址	200001　上海福建中路 193 号	
	www.ewen.co	
印　刷	上海豪杰印刷有限公司	
开　本	710×1000mm 1/16	
印　张	8.75	
版　次	2017 年 7 月第一版	
印　次	2017 年 7 月第一次印刷	
书　号	ISBN 978-7-5458-1471-2/I.392	
定　价	60.00 元	